1500

MIGUEL MARTÍN

DIARIO DE UNA IMPOSTURA

EDITORIAL LAERTES

Ilustración de la cubierta: © 1995. Dean Keefer

Primera edición: marzo 1997

© Miguel Martín
© de esta edición: Laertes, S. A. de Ediciones, 1997
c/ Montseny, 43, baixos. 08012 Barcelona

ISBN: 84-7584-330-1
Depósito legal: B. 8.404-1997

Fotocomposición Grafolet, S. L.
c/ Aragó, 127, 4rt 1a - 08015 Barcelona

Impreso en Romanyà/Valls
c/ Verdaguer, 1. Capellades (Barcelona)

Printed in UE

*A mis padres,
que posiblemente jamás
leerán este libro*

ÍNDICE

Septiembre de 1982. AÑORANZAS 15

Octubre de 1982. LÁS ELECCIONES 23

Noviembre de 1982. HEPATITIS 33

Diciembre de 1982. POLUCIONES Y MEDITACIONES 43

Enero de 1983. ASOMÁNDOSE AL POZO 53

Febrero de 1983. DESCUBRIMIENTOS 61

Marzo de 1983. YO ENTIENDO 71

Abril de 1983. BAJO EL INFLUJO DE DANTE 87

Mayo de 1983. SI, SOY HOMOSEXUAL 101

Junio de 1983. EL DESPERTAR DE MI CONCIENCIA 111

Julio de 1983. LAS CENIZAS DEL PASADO 135

Agosto de 1983. LOS DIFUNTOS DEL MES 159

Septiembre de 1983. RESOLUCIÓN 179

Octubre de 1983. JUAN, MI QUERIDO JUAN 191

DIARIO DE UNA IMPOSTURA

Este libro está basado en hechos reales. El diario, los personajes, sentimientos, situaciones y contradicciones son auténticos. Naturalmente, los lugares, nombres y descripciones geográficas o arquitectónicas han sido ligeramente distorsionados por un doble fin: salvaguardar mi propia identidad en primer lugar; y en segundo, evitar en lo posible el reconocimiento del Convento, la Orden a la que pertenece, su ubicación y personas que lo integran.

Es una licencia literaria permisible en algunos casos, en este, considero que imprescindible. Como se suele decir —y con más razón que nunca— «¡Con la Iglesia hemos topado!»...

Sólo en los últimos años se ha comenzado, tímidamente, a hablar de la homosexualidad del clero. Las reacciones por parte de la Jerarquía no han hecho, en la mayoría de los casos, más que propiciar la controversia en lugar de apaciguarla.

Esta es la historia de una impostura —o de muchas—, de una dicotomía, de una contradicción, de un deseo de encontrar la verdad de una identidad propia en un ambiente en el que también existe la hipocresía y la impostura: La Iglesia.

La realidad humana y la realidad divina, ¿son irreconciliables?...

A fin de crear cierto interés literario no han sido transcritos algunos pasajes que, en lugar de fomentar un ritmo y agilidad, remarcarían aún más conceptos y estados anímicos ya de por si omnipresentes en este libro.

La vida depara extrañas sorpresas, y lo que en un momento surgió como una necesidad privada plasmada en un diario íntimo, con el tiempo ha supuesto el material necesario para escribir un libro con la pretensión de publicarlo.

He intentado ser fiel a la ideología y estado de ánimo de

aquellos años. Hoy, no compartiría algunas de las reflexiones que en el se manifiestan, más considero necesario no desvirtuar la visión de aquel entonces, coherente con una educación, situación política y religiosa, incluso madurez propia de principios de los ochenta.

Evidentemente, ya no soy la persona que se manifiesta en estas páginas. He modificado aún más mi escala de valores, y la aceptación de la homosexualidad ha pasado finalmente a la condición de gay.

Contrastando estas experiencias con otras personas que se han visto divididas entre su religión y su sexualidad he podido comprobar que no son tan distintas. Por ello, más de un lector puede llegar a identificarse con algún pasaje, no necesariamente por ser homosexual, sino por haberse planteado como asumir una vida y unas circunstancias que le son dolorosas y ante las cuales se rebela.

Sólo desde la aceptación de uno mismo se concede una oportunidad a la felicidad. Es realmente un proceso laborioso, duro, en ocasiones dramático, pero necesario si deseamos una mínima paz.

Finalmente, pido disculpas si llego a herir la sensibilidad moral de algunas personas. No es mi intención. La verdad duele, y esta narración es una parte de la verdad que hasta el momento había sido ocultada.

DIARIO DE UNA IMPOSTURA

Septiembre de 1982
AÑORANZAS

Convento, 4 de Septiembre de 1982

Este es el último día, la última noche... El hábito, blanco como la luna llena, con el apresto de la tela nueva está sobre la silla; yo, sobre la cama. ¿Y mi corazón? Ahora no lo se. Se que deseaba con profunda ilusión tomar estos hábitos, pero en estos momentos tengo miedo. ¡Es una decisión tan importante! Es el comienzo de una nueva vida con unas exigencias distintas. ¿Haré lo correcto? Estas dudas se parecen casi a las del novio antes de la boda...

Convento, 5 de Septiembre de 1982

Faltan solo tres horas. A las doce de la mañana seré Fray Miguel. Estoy nervioso. Esta noche apenas he dormido. Intentando descubrir que es lo que siento, he encontrado, esencialmente, pánico...

Convento, 6 de Septiembre de 1982

Ayer no escribí nada pues me encontraba demasiado agotado por las emociones del día.

A varios de nosotros se nos hizo un nudo en el estómago. Esta sensación se acentuó momentos antes de salir de la sacristía. En fila de a dos, los catorce postulantes llevábamos en nuestros brazos extendidos los hábitos que, previsiblemente, vestiríamos durante el resto de nuestras vidas como símbolo de nuestra pertenencia a la Orden.

El sonido del órgano, los cantos gregorianos, el olor a incienso me trasladaban casi fuera de este mundo. Fue hermoso y emotivo, si bien nos sentimos casi ausentes durante la homilía del Padre Provincial. ¡Media hora de pie escuchando las virtudes y carismas de nuestra Orden! Las lágrimas de las familias se intensificaron cuando comentó que el hábito era la mortaja con la cual se enterraba al hombre viejo.

Cuando me vestían, me hice un lío con las mangas, e incluso empecé a doblarmelas interrumpiendo la ceremonia al hacer esperar al Padre. Peor fue el momento de recibir su abrazo como símbolo de acogida, pues tropecé al pisarme la túnica cayendo casi sobre él. ¡Espero que no sea un presagio de que he entrado con mal pie!

Yo pensaba: «Estos son mis hijos, aquellos que han blanqueado sus vestiduras con la Sangre del Cordero». Por mi mente pasaron deliciosos paisajes de paz en los que ya no tendría que luchar contra mi mismo...

Entre familiares y amigos acudieron unas cien personas. Se pudo quedar a comer solamente la familia. El ágape fue sencillo, compuesto por ensaladilla rusa, pollo asado y melocotón en almíbar.

Después, cual actor famoso promocionando su última película, tuve que posar para docenas de fotos. Unos las deseaban en el coro, otros en el claustro, aquellos en la iglesia —junto a aquel «santo tan bonito»—, los de más allá a las puertas del Cementerio-Jardín.

Finalmente salimos del Convento y nos sentamos a tomar unos refrescos en la terraza de uno de los bares cercanos a la Plaza Mayor del pueblo. Era extraño salir a la calle con mis nuevas vestiduras, pero pronto me acostumbré y me sentí cómodo.

El momento más conmovedor, triste y alegre a la vez, aconteció cuando me reuní con mis padres en el claustro una vez finalizada la ceremonia. Nos abrazamos, lloramos... Ninguno dijo nada. Sobraban las palabras. Me sentí un poco culpable.

Por otro lado, hoy mismo han ingresado a Fray José Luis en el hospital. Al parecer tiene apendicitis. Se encontraba enfermo desde hacía unos días. Se comenta que se ha podido incurrir en algún tipo de negligencia, y que la situación no debiera de haber llegado a este punto. Es posible que no pueda acompañar a sus connovicios al Estudiantado.

Son recientes los recuerdos de los días previstos a la marcha de mi casa al convento. Fueron monótonos y aburridos, pero comienzo a hecharlos de menos. No volveré más a mi hogar, de ahora en adelante ésta será mi familia.

¡Tantos recuerdos! ¡Tantas cosas! No he salido al mundo hasta hace poco, me he pasado casi doce años sin salir de casa, lo imprescindible para ir a la escuela y poco más... Toda mi vida está allí.

No era especialmente bonita, ni era grande, pero era mi hogar y lo dejé por el Señor. Lo dejé con todo lo que ello supone: padres, amigos, objetos, recuerdos... Me pregunto si valdrá la pena.

Fueron momentos insustanciales en los que no me proponía hacer nada, porque nada hubiera tenido tiempo de acabar: pintar ese retrato que tenía en mente desde hacía meses, escribir sobre aquella mujer que conocí y sobre la cual me imaginé una historia...

La última noche en casa, las últimas horas... —mis ojos ya se nublaban un poco como premonición de la nostalgia que siento ahora—. ¿Seguiré recordando la casa, cada una de sus habitaciones, cada objeto? ¿Recordaré este feo, sucio y entrañable barrio? ¿Se difuminará en mi memoria? «Ven y sígueme» —dice el Señor—, y yo voy, le intento seguir, pero... no me abandonan los olores, los sonidos familiares: la carpintería de la esquina, los perros ladrando, el camión del butano, los coches, los gritos e improperios provenientes del bar a altas horas de la noche, los niños jugando, las mujeres cotilleando, la cacharrera pregonando con voz quebrada sus servicios por las aceras cada tiempo incierto desde que tengo memoria, la voz de mis padres, el olor de mi madre a miel y canela —su olor siempre me ha parecido especialmente agradable—... ¡Todo esto y mucho más era mi hogar! Pequeños detalles que en un momento determinado no parecían significar nada, o que incluso llegaron a molestarme en su momento, pero que formaban parte de lo cotidiano.

Mis padres... ¡Dios les bendiga y les proteja! Espero de todo corazón que las consecuencias de esta decisión les sean más llevaderas que a mi.

Al llegar aquí, despedida llorosa, abrazos, mirada inevitable hacia atrás, corazón que parece salirse por la boca, tristeza, sentimiento de pérdida, amor, mucho amor, quizás demasiado...

Y traspasadas las puertas que anhelaba, frío, mucho frío, mi alma tenía frío y miedo; temor a ser atacada, abatida, humillada, incomprendida... Respiré hondo, di el primer paso con la mano del Prior sobre mi hombro, y creo que con ello me interné en un nuevo aspecto de la soledad.

Convento, 9 de Septiembre de 1982

Fray José Luis tiene peritonitis, y no nos han dado un buen pronóstico. No sé qué pensar. Me siento confuso e impotente. Creo que todo esto se podría haber evitado.

En la comunidad hay indiferencia por parte de unos, complejo de superioridad por parte de otros y agresividad en bastantes. Las jornadas transcurren largas e improductivas. Aún no han comenzado las clases, hay mucho tiempo libre entre rezos y devociones y la gente no parece tener muchos deseos de relacionarse entre sí. Yo lo intento, pero percibo un gran distanciamiento por parte de la mayoría de los Padres, Hermanos Legos, connovicios y futuros profesos.

Esta noche nos han permitido salir del convento por ser las fiestas del pueblo. Vimos el desfile de carrozas, las mises engalanadas, la feria... Posteriormente fuimos a casa de Pilar, prima de uno de mis connovicios. Nos dieron a beber zurra (vino blanco con gaseosa y canela). Tal pócima provocó un efecto superior al previsto, y a pesar del hábito me comporté muy mundanamente. No me siento culpable.

Convento, 11 de Septiembre de 1982

Ahora, me hace sonreír el miedo que tenía a la entrevista con el Padre Vicario para hablar sobre mi ingreso en esta casa. Tenía miedo a que me dijera que no disponía de estudios suficientes, a que me aconsejara que esperara, a que me pusiera obstáculos, a que me manifestara más o menos dulcemente que no podía ser...

Aún me parece oler el ambiente a rancio museo que desprendía su despacho. Una amalgama de Santos, Mártires y Beatos de la Orden me miraba desde las paredes intentando descubrir si daría la talla... Pasé la prueba y aquí estoy.

Renuncio a ideas, sentimientos, vivencias y anhelos, pero no todo va bien. ¿O sí? ¿Debo sentirme como me siento? ¡Me encuentro vacío, sí, vacío! Me he vaciado de muchas partes de mí, e intento seguir haciéndolo de muchas otras... No he logrado llenar con Cristo esos huecos. Este Cristo se escabulle y difumina. Estoy abotargado. Tengo miedo a renunciar al mundo y no llenarme de cielo. El siglo —como llaman aquí al mundo— no me satisface, pero tampoco de esta forma encuentro lo que busco. ¿Acaso es la oración lo que falla? No lo sé, suelo rezar regularmente dos horas al día además de la rutina devocional comunitaria...

¡Señor, te necesito! Sin embargo el mundo me seduce, me tienta, me pide que no te preste tanta atención, que me divierta, que esté con elegantes, adinerados, egoístas y atractivos y que me convierta en uno de ellos. Mi fe es pequeña, muy pequeña. No se si podría reconocerte, si sería capaz de proclamar tu Nombre.

Convento, 12 de Septiembre de 1982

Fray José Luis no podrá hacer los votos simples tal y como esperaba: ha muerto. Intento encontrar sentido a todo esto, pero no soy capaz de hacerlo. ¿Acaso Dios no le quería como Ministro suyo? Por las dependencias de esta casa se habla de responsabilidades en tono ventoso que preveo amainará dentro de poco.

Todos estamos sorprendidos y consternados; y yo, especialmente confuso...

Convento, 15 de Septiembre de 1982

Cuando vi por primera vez el convento me vino a la mente la imagen de un burgo medieval nacido al amparo de una muralla. Imagino esa muralla feudal. Ahora conjeturo sobre las consecuencias directas que pudieron establecerse, como por ejemplo el abuso de poder sobre los campesinos a cambio de una protección ante los enemigos en una época de inestabilidad y cambios.

El aspecto exterior es severo e impresionante; desde cualquier ángulo refleja inmediatamente su carácter medieval y posiblemente guerrero; sus torres, verdaderos núcleos de defensa, prácticamente inaccesibles; sus deteriorados muros... El conjunto resulta algo abigarrado con sus chapiteles, pináculos, agujas góticas y rosetones mudéjares. La fachada principal presenta, en cambio, una combinación relativamente sencilla lograda a base de algunas cenefas de estilizados adornos vegetales. Las puertas —de bronce—, tienen un desagradable e indescriptible color y chirrían como cien gatos con pinzas de la ropa prendidas en sus rabos.

Al traspasar esas puertas hace unos días creí entrar en otro mundo, pero intuyo que no ha sido así. Las murallas, las puertas de bronce, los muros y las celdas ya no son tanto para que el mundo no entre aquí, sino para que ni nuestros cuerpos ni nuestras mentes salgan. Para este tipo de vida es necesaria cierta reclusión —es indudable—, pero lo que en un momento fue concebido como refugio se ha convertido ahora en prisión...

Debo integrarme. Es normal que aún no me haya adaptado. Ha transcurrido poco tiempo Mi mente sigue siendo la de un joven inconstante que en ocasiones se pregunta si en vez de en la casa del pastor ha ido a introducirse en la guarida del lobo con piel de oveja...

Convento, 18 de Septiembre de 1982

La rutina diaria es variada y compleja. Contínuamente tengo que llevar a mano mapas y horarios, o simplemente preguntar a los Padres. En ocasiones la paciencia de algunos de ellos es menor que mi ignorancia.

Espero aprender lo antes posible todo este cúmulo de actividades, rezos, servicios, ritos y devociones. En varias ocasiones he llegado tarde o me he confundido de lugar con las consiguientes amonestaciones.

Lo que si conozco como la palma de mi mano es mi celda. Es una habitación de cuatro metros de largo por tres de ancho. Lo primero que uno ve al entrar es la ventana y sus insolidarias rejas. La cama se encuentra a la derecha, a la entrada, junto a una diminuta mesilla de noche que haría las delicias de más de un coleccionista, y que junto con sus termitas fosilizadas podría datarse a finales del siglo XVIII. A continuación, unas tristes estanterías vacías de sabiduría. A la izquierda se encuentra un lavabo con la grifería oxidada y que gotea como si se tratara de un refinado martirio chino, un desvencijado escritorio y una silla...

Convento, 21 de Septiembre de 1982

Hemos recibido colchones, almohadas, sábanas, mantas y alfombras nuevas. El goteo de novicios que llegaba a este convento no requería de grandes dispendios en los últimos quince años. Este curso en cambio, ante catorce novicios, la situación cambia y el pesetero del Padre Síndico no tiene más remedio que abrir las arcas aunque sea a regañadientes.

Creo que nunca he visto tantas arrugas en una cara como en la suya: líneas grandes, pequeñas, anchas, estrechas, finas, gruesas, rectas, sinuosas, profundas o esbozadas... ¡componen todo un muestrario de lo que la vejez puede hacer con un rostro humano! Sus hábitos también están siempre arrugados, aunque sin alcanzar jamás variedades tan interesantes como las de su propietario. Incluso economiza pasos a la hora de caminar o al intercambiar palabras, pues siempre espera a que se acerquen a él, respondiendo con lacónicos monosílabos carentes de vigor.

Se le conoce por el inconfesable apodo de «Padre Pellejo». A sus setenta y ocho años se considera a si mismo como uno de los Hermanos más venerables de esta casa, pero la reverencia que le profesan es más un medio para conseguir que abra sus bolsillos que un respeto sincero. Si deseas obtener algo de él has de alimentar su ego y su vanidad. En estas ocasiones, se engree tanto que hasta sus pliegues parecen difuminarse, tal y como si se hubiera sometido a una milagrosa operación que durante unos momentos le quitara unos quince años de encima.

Convento, 24 de Septiembre de 1982

Imprevisiblemente, al ver en la Iglesia a unos jóvenes padres con su bebé, me ha sobrevenido una ligera tristeza que no esperaba.

Elija el camino que elija nunca seré padre. Me resulta difícil imaginarme a mi mismo desempeñando tal rol familiar y social. Me siento algo afligido por aquellos hijos e hijas que nunca tendrán la oportunidad de nacer, que nunca tendré. Mis brazos estarán vacíos, no acunarán a esos pequeños seres venidos del limbo. No me prendaré de sus sonrisas, no jugaré con sus manecitas sorprendiéndome cuando por primera vez aferren con fuerza mi dedo índice. No los veré crecer, escuchar sus primeras palabras, sujetar en sus primeros pasos. Nunca les podré besar y decirles que les quiero cuando después de contarles un cuento les arrope por las noches. No les veré crecer, alejarse de mí al hacerse adultos, comenzar su propia existencia..., porque no existirán.

Soy consciente de que únicamente pienso en los aspectos románticamente positivos, y no en los pañales, lloros, noches sin dormir, enfermedades, peleas...

Los hijos son la inmortalidad materializada, la trascendencia, la perpetuidad, la huella de nuestra carne y nuestra sangre, la demostración palpable de que hemos existido.

Octubre de 1982

LAS ELECCIONES

Convento, 2 de Octubre de 1982

Señor, transforma profundamente a mis padres. No permitas que pierdan la paz por mi marcha. Para todos supone un gran cambio. Posiblemente se sentirán solos, notarán mi ausencia, sentirán nostalgia de no ver mis cosas esparcidas por toda la casa. Mi madre llorará de vez en cuando, al igual que yo lo hago...

¡Señor!, tu bien sabes cuanto hemos sufrido durante los últimos años. Da paz y alegría a esta familia... Si te buscan por sus propios caminos no se lo pongas tan difícil como a mí. No quiero que sufran más por mi causa. Quiero darles lo mejor de mí. Me asusta pensar el que ellos llegaran a descubrir como soy...

Dejar esas paredes que durante tantos años han sido mi vida, renunciar a los pequeños y grandes recuerdos, abandonar ese feo y antiestético barrio en el que me he criado y al que a pesar de todo tengo cariño, no es fácil. Lo dejo todo por Ti. Intento dejarlo todo por Ti. Eres un Dios celoso que me quiere en exclusiva. Tengo miedo a empezar de nuevo, a romper con lo conocido, a dejar atrás mis seguridades, a caminar solo..., solo contigo. Me exiges que me despoje de todo. No se si sabré. No se, a veces, si realmente quiero renunciar. Se que te quiero, pero ¿tanto como para dejarlo todo por Ti? Tenía a mi familia cerca, los veía, los tocaba, nos besábamos, nos gritábamos, nos sentíamos... A Ti no te puedo ver, no te puedo tocar; solo en ocasiones te puedo sentir.

Por mucho que intente ser fiel a la castidad, el cuerpo tiene sus propios deseos. Lo que yo no hago durante el día, él lo consuma furtivamente por la noche. Estoy cansado de las poluciones nocturnas, de despertar con los calzoncillos manchados y los deseos insatisfechos. Inconscientemente, medio dormido, intento evitar ese escape de vida, no sé porqué. El espíritu está presto, pero algunos trozos de carne —sobre todo de cintura para abajo— tienen vida propia.

Convento, 5 de Octubre de 1982

El coro es uno de los centros de nuestra vida religiosa. En el se celebran gran parte de los oficios divinos y rezos, que aún me son poco familiares. ¡Qué diferencia va de los monocordes salmos a las alegres canciones de los grupos de oración en los que descubrí mi fe!

La sillería actual parece de estilo renacentista y trabajada en madera de nogal. Los tableros de las sillas están historiados. La profusión de adornos, la complicada combinación de elementos ornamentales y el gran número de asientos le proporcionan una gran belleza y movimiento. Es un mosaico vivo del santoral cristiano. En el centro se levanta un facistol de bronce repujado, más o menos de la misma época y estilo que los del coro y que servía, en sus buenos tiempos, para sostener los pesados libros corales desde donde los frailes cantaban los salmos junto con los demás elementos del rezo.

Sobre la silla del Prior se encuentra una bonita talla de la Inmaculada, que parece presidir todas las devociones.

En este ambiente tan solemne he cometido un error en el momento de leer el pensamiento del día frente a los integrantes del convento. En lugar de leer:

—«Tu mujer, como parra fecunda...».

He declamado:

—«Tu mujer, como perra fecunda...».

Ciertos carraspeos de desaprobación, algunos brazos cruzados y miradas esquivas han sido la única respuesta, y no dándome por aludido he continuado todo lo tranquilo que he sido capaz.

Este tipo de oración me es árida y no soy capaz de sentir nada ante ella. La intimidad, la cercanía, la espontaneidad de mi oración personal me alivian y compensan de tanta rigidez. Cuando oro, lo hago como si hablara con un amigo íntimo que conoce mis más profundas inquietudes, mis más inconfesables oscuridades...

La oración es sencillamente permanecer ante Dios. Este encuentro personal puede ser de distintas maneras: alabanzas, agradecimientos, peticiones por otras personas o por uno mismo, escuchar el silencio...

Quiero que la oración crezca en mí, que su desarrollo no sea tan lento. He de esperar, ser paciente...

Convento, 8 de Octubre de 1982

No puedo sentirme unido a nadie en muchos de los momentos que vivo aquí. ¡Son tan diferentes las ideas, los caracteres, las personas, las edades! Me sigo sintiendo aislado. En gran parte este extraño ambiente se debe a la edad de los integrantes de esta comunidad. El Padre Maestro, el Prior, el Síndico y el resto de los Padres y Hermanos tienen una edad media de sesenta y cinco años. Incluso creo que en clase de Latín vamos a disfrutar de la sapiencia de Fray Ceferino, que va a cumplir los ochenta y tres años. Sus brazos casi siempre cruzados, su mirada fría y penetrante, así como su forma de andar me imponen un distanciamiento fuerte, severo, que no sé racionalizar, pero que percibo.

Mañana es día de Asueto, e iremos a pasar todo el día a la ribera de unos lagos cercanos. Nos han sugerido que llevemos bañadores que, previamente, hemos de solicitar en el ropero.

Tengo miedo. Miedo a hacer el ridículo por no saber nadar bien, a que mi cuerpo —blanco como una merluza muerta— sea expuesto a la vista de todos, y sobre todo a sentirme tentado en aquello que más me duele y que por el momento ha permanecido «dormido y sublimado». Espero que Dios me de fuerzas. Me siento inseguro...

Convento, 9 de Octubre de 1982

Ésta parece una jornada que no se hubiera vivido de verdad, es un sueño triste y pesado que desemboca en pesadilla. Me parece demasiado fuerte e inapropiado para un lugar como éste... Nunca pensé experimentar, aunque sólo fuera como simple espectador, lo que ha sucedido. Me siento escandalizado. No sé como contarlo, no sé como decirlo. Toca demasiado cerca mis contradicciones.

Convento, 10 de Octubre de 1982

Sigo sin ser capaz de escribir nada referente a lo que sucedió ayer. Todo el convento sigue revolucionado, y no se habla de otra cosa, ya sea en voz alta y clara o mediante susurros escondidos. Parece que todo este sucio asunto ha trascendido, y que las murallas de esta casa han sido resquebrajadas por algún sitio: las habladurías se han iniciado en el pueblo.

Nos han recomendado ayunar, si bien en la mesa del Prior no han escaseado las suculentas viandas cotidianas de que disfruta. Es la primera vez que hago un ayuno tan severo, y por ello no me he atrevido a llevarlo a cabo de forma total. Mis jugos gástricos piden algo que disolver entre un murmullo —cada vez más imperioso— procedente de su interior. Sólo he tomado leche en el desayuno y un caldo de pollo para cenar. ¿Servirá el ayunar realmente para algo, o sólo es una muestra de confusión e impotencia humanas?

Convento, 11 de Octubre de 1982

El curso precedente de novicios con el cual hemos convivido durante estas semanas se traslada ya al Estudiantado para profesar sus votos simples. Prácticamente todos fueron votados blancas antes de nuestro ingreso. Ellos tuvieron la suerte de disponer de Julián como Padre Maestro, y por lo tanto su formación ha sido muy distinta de la que parece que va a ser la nuestra. Con la marcha de algunos de ellos se va también la relativa amistad que disfrutábamos a raíz de conocernos mediante las comunidades de base.

Preveo que me sentiré más aislado aún.

Convento, 12 de Octubre de 1982

Hoy es el Día de la Hispanidad, con todas sus connotaciones, con todas sus consecuencias, con todas sus deformaciones emocionales; recuerdo del día en que unos antepasados lejanos en el tiempo descubrieron unas tierras y unas gentes que desde ese instante ya no serían las mismas.

Me gusta imaginar como se hubiera desarrollado esa historia paralela en la que unos mayas, aztecas o incas invictos hubieran permanecido culturalmente con una fuerza, con un florecimiento similar al de la cultura occidental. Un mundo actual distinto se ramifica hasta límites inconcebibles, con una variedad de sucesos en cadena escalofriantes.

Es fiesta en toda España, y en esta localidad lo es quizás con unas raíces más profundas y unas manifestaciones más viscerales. Como consecuencia directa de ello hemos sufrido —el tan temido por los novicios— «adobe litúrgico»: Misa de copete, procesión por las calles del pueblo, letanía, rosario, vísperas y completas. ¡Casi cuatro horas de muestras emocionales más nacionalistas que devocionales!

La Eucaristía ya me desconcertó por todos esos matices derechistas y etnocéntricos propios de un orgullo mal entendido heredado por el régimen anterior: banderas, pendones... Uno de los aspectos más jocosos fue el comentario del Prior acerca de los cantos de «rabiosa actualidad» que iban a acompañar la procesión. Parece que él piensa que entonar «Hostia pura, Hostia Santa, Hostia Inmaculada» es lo último en canciones litúrgicas, por no mencionar «Cantemos al Amor de los Amores...».

El Cristo presidiendo, el Santo de rigor, los pasos, la lenta marcha por las desvencijadas calles, las voces devotas desafinando como gatos acorralados, los tonos agudos de algunas marujas que pretendían hacerse oír sobre los demás transmitían una imagen pintoresca, demasiado pintoresca...

El Prior encabezaba la marcha con sus mejores galas, le seguía el Padre Maestro, Félix oscilaba rítmicamente el incensario difundiendo el olor a Santidad de la ocasión; con el Pendón de España —pesado como un burro muerto— yo le seguía los pasos. Tras de mí, Guillermo intentaba dirigir inútilmente toda esa cacofonía de voces que pretendían unirse para cantar algo en común.

—¡Viva España!, ¡Viva Cristo Rey!, ¡Santiago y cierra España!...

Exclamaciones frecuentes que a mi modo de ver confundían ideales totalmente distintos. Una parte de mi sentía miedo, miedo de tal emocionalismo más político que religioso.

El Prior, cuando lo consideraba conveniente, pasaba en voz baja la consigna para dejar de entonar algún canto, hasta llegar a mí. Yo a mi vez se la transmitía a Guillermo lo más discretamente que mi carga —y la distancia que me separaba de él— me permitían.

Por poco tropiezo, se me cae el Pendón y me muero de vergüenza a la vez que de risa cuando, a la sutil y discreta clave iniciada por el Prior mediante el susurro de la palabra ¡Basta!, Guillermo —sin apenas cubrir el megáfono—, me replicó:

—¿Qué dice?

A lo que yo respondí extrañado después de tanto practicar:
—Dice que ¡basta!...

Durante unos largos segundos su voz y sus maneras se asemejaron a los de Sara Montiel. Las mías más bien correspondían a las de aquel que piensa ¡Tierra, trágame! cuando respondió...

—¡Y tu grosera!

Sin duda alguna fue una nota de color, espontaneidad y frescura que los parroquianos comentarán durante algún tiempo.

Convento, 14 de Octubre de 1982

Como consecuencia de lo sucedido durante el último asueto, el Padre Lucas ha sido trasladado del convento, incluso de provincia religiosa.

Su fama le precede, y en gran manera le va a crear problemas. No quisiera estar en su lugar. Ya se le conoce como el Padre «chupa, Chus»...

Convento, 16 de Octubre de 1982

Muchas veces tengo la sensación de haber entrado en un cine con la película ya empezada, sin saber que es lo que sucede con los protagonistas, porque se comportan como lo hacen, cual es el argumento y en que consistía la trama anterior a la compra de mi entrada.

Hay muchas situaciones previas a mi llegada sobre las cuales nadie «sabe» o no desea ponerme al corriente, si bien se hacen patentes frecuentemente alimentando mi confusión. Entre ellos parecen hablar un lenguaje en clave que no se descifrar. No me entero de todo el argumento a pesar de haber entrado a formar parte del elenco, aunque solo sea para interpretar un papel secundario.

Aquí percibo cosas que van más allá de lo que se debía de esperar para la tranquila vida de un convento dedicado al Estudio de la Palabra de Dios.

Convento, 24 de Octubre de 1982

Sobre el Padre Maestro y sus colaboradores recae la responsabilidad de instruirnos sobre la Historia de la Salvación, Sagrada Escritura, Liturgia, principios de la vida cristiana y sacerdotal... Debiera también de instruirnos sobre la naturaleza de la vida religiosa, especialmente sobre la historia, la espiritualidad y leyes de la Orden. Tiene que fomentar nuestras virtudes humanas y cristianas, de tal forma, que lleguemos a una vida espiritual más rica a través de la humildad de corazón, el ardor del alma y la abnegación. Ha de instruirnos sobre el modo de acercarnos con mayor fruto a la penitencia sacramental y la Eucaristía, así como a la dedicación a la oración mental.

Este es el perfil del que debiera ocupar el cargo de Padre Maestro, mas la persona que sustituye al fallecido Julián no es siquiera capaz de conectar con nosotros. Su edad avanzada, y el hecho de que desempeñe por primera vez esta función dentro de la Orden, son dificultades que cada vez se hacen más evidentes.

Bajito, rechoncho, con una gran papada danzante, camina como una geisa. Al hablar escupe algún que otro salivazo que, con la experiencia y desarrollo de reflejos, logras esquivar con rapidez y destreza. Sus labios gruesos no ocultan totalmente la ausencia de algunas piezas dentales que provocan, al hablar, tales inconveniencias. Sus ojillos están separados y en ocasiones bizquean cuando se encuentra excitado. Por su edad podría ser perfectamente mi abuelo. Quisiera llegar a entenderle...

Convento, 25 de Octubre de 1982

El aula donde se imparten las clases contrasta llamativamente del conjunto del convento. Parece que ha sido renovada recientemente, pues las sillas, mesas y utensilios aparecen lustrosos y virginales. Puede que tampoco hubiera nadie que los utilizara...

Durante las clases escucho atentamente, escribo con avidez intentando no perder ni un detalle, pregunto lo que no entiendo e insisto hasta que logro captarlo. En ocasiones creo que pongo en algún que otro aprieto a este anciano caballero que únicamente explica las lecciones de memoria, maquinalmente, con la costumbre de haberlas recitado durante años de la misma forma. Es aún más rígido que el Padre Maestro. Si se aparta de ese esquema, se siente perdido. Si no intento apartarle, yo también...

Convento, 29 de Octubre de 1982

Esta mañana me he despertado una vez más a causa de un sueño erótico reincidente. Una vez más he tenido que usar una toalla y cambiarme de muda, sin conseguir después conciliar el sueño, continuar el *sueño* que no me permito en vigilia...

Convento, 29 de Octubre de 1982

Estas elecciones generales han causado una gran expectación en el convento que no entendía, pero que ahora empiezo a comprender. Muchos de los Padres han estado atentos a los informativos especiales de la televisión durante toda la noche, recibiendo ávidamente las noticias, recuentos y valoraciones. Es tiempo de cambios según dicen los políticos, y creo que el clero teme los cambios.

Ha ganado el PSOE. Es posible que al fin y al cabo sea lo mejor. ¡Promesas de libertad y de igualdad! UCD cumplió con su misión de una transición pacífica de la dictadura a la democracia, mas era imposible que continuara en el poder.

Todos estos cambios son más conceptuales que vivenciales hasta el momento. No era muy consciente de que vivíamos en una dictadura y de lo que esto suponía, hasta que terminó. Sólo hay recuerdos del retrato de un señor anciano, calvo, con bigotillo, que presidía cada una de las aulas de mi colegio del que decían que había salvado España; confusos recuerdos de cantar el «Cara al sol» ante el águila bicéfala que ondeaba entre el rojo y gualda en el patio, antes de comenzar las clases.

Tiempos desconcertantes...

Posiblemente mis propias crisis y presiones interiores cegaban la visión de un mundo generalmente oprimido y acallado. No entendía lo que era la libertad, al menos lo suficiente como para desearla y echarla en falta. No entendí demasiado el significado real de las hojas amarillas con toques y letras marrones que manifestaban el teórico último mensaje de Franco, así como del primero del Rey. Se repartieron como cromos de una colección limitada a la salida de la escuela.

Todo esto comenzó a cobrar sentido cuando entendí que mis contradicciones habían sido alimentadas desde la influencia de un régimen represivo, buscando luego una mayor comprensión social desde la esperanza.

Más tarde.

Realmente el PSOE ha ganado con muchísima ventaja: doscientos once escaños contra los ciento cinco conseguidos por AP. Supongo que aún hay miedo a oír simplemente la palabra derecha cuando se habla de política. Quizás para mis luchas internas sea mejor un gobierno liberal que conservador. Espero que este ambiente de prometedora libertad me facilite a mí y a otros como yo, la opción de elegir un tipo determinado de vida más coherente con lo que se siente.

Por otro lado la Iglesia puede crecer mucho. Tendrá que despertar de su letargo y reaccionar, ponerse al día. Los últimos lazos de la simbiosis Iglesia-Estado puede que finalmente se disgreguen.

Los Padres tienen una cara de funeral que no consiguen disimular, supongo que porque saben que puede empezar el comienzo del fin de un amparo lleno de privilegios y comodidades... Nosotros los novicios miramos en cambio esta nueva época con un callado optimismo.

Convento, 31 de Octubre de 1982

Dentro de un par de horas el Papa se arrodillará y besará el suelo de España. Deseo que en verdad su llegada traiga la esperanza, la luz, el perdón y la comprensión. A nivel personal no espero oír las palabras que mi corazón desea escuchar: «¡Dios te quiere, y te quiere así!».

No deja de ser curiosa la coincidencia de su visita, tan solo un par de jornadas después de las elecciones generales. ¿Será una hábil manipulación vaticana, un recordatorio de que cambie o no cambie un gobierno, la moral y las doctrinas no van a cambiar y son inalterables?

Quisiera ser invisible, y así poder ver y escuchar el verdadero contenido de las conversaciones privadas entre Juan Pablo II y Felipe González. ¿Realmente empezará a cambiar algo, o solo lo parecerá?

Los Padres han resurgido de sus cenizas cobrando nuevos ánimos ante esta llegada pontificia, y consideran que a pesar de todo, no «todo» está perdido. ¡El Papa pondrá las cosas en su sitio!

Noviembre de 1982

HEPATITIS

Convento, 1 de Noviembre de 1982

El pueblo, tiene una notable tradición derechista. Eso lo sabe todo el mundo. Para ellos, el desfavorable resultado de las elecciones es una grave llaga en su orgullo.

La llegada del Papa a España no ha supuesto mas que una alteración exacerbada de sus razonamientos políticos. Iglesia y Estado no parecen divorciarse en esta comunidad.

No es sencillo ser plural en un convento.

Convento, 2 de Noviembre de 1982

Es impresionante el recibimiento y expresión de fe al Papa en cada localidad que visita. No deja de ser impactante el ver a tantos miles, cientos de miles de personas unidas por un mismo fin y una misma esperanza... ¿La misma?

Ovaciones, aplausos cuando tras hablar en varios idiomas lo hace en español, cuando menciona a algún santo nacional, en los momentos en los que remarca el significado de alguna frase o idea... Todo es muy espectacular, y hasta cierto punto, no se si en el fondo es únicamente eso, puro espectáculo...; una gran representación para atraer a unas masas que tienden a empezar a pensar por si mismas, y que mediante este «pan y circo» celestial se intenta volver a imponer la sumisión.

Es ambiguo el sentimiento que todo esto me causa. Me atrae, y en cierto modo también me desilusiona. Su presencia aquí es un símbolo de cercanía, pero sus mensajes únicamente hacen que algunos fieles se sientan algo distantes..., solo es para unos pocos, para una parte de la población.

El mensaje de fondo es tan reaccionario y tradicional como siempre, y en opinión de muchos supone un serio retroceso con respecto a la voluntad del Concilio Vaticano II.

A pesar de desearlo, no me he sentido pueblo de Dios, sino oveja esquiva y apartada que se encuentra excluida de un rebaño en el que aparentemente todas las ovejas son de un blanco immaculado, o al menos lo suficientemente claras como para ser contadas como pertenecientes al redil.

Convento, 11 de Noviembre de 1982

Llevo varios días enfermo en cama. Tiempo de intentar ver claros muchos sentimientos. Ni siquiera en este Diario soy capaz de mostrarme yo mismo y quitarme totalmente la máscara. Lo más que consigo hacer es hablar entre líneas confusas y vagas. No soy capaz de plasmar mis verdaderos sentimientos y emociones. Generalmente reflejan un distanciamiento y control emocional rígido e intransigente hasta conmigo mismo. He de intentar cambiar esto. Intentaré ser más sincero.

Sólo un par de hermanos han venido a visitarme con buena intención: Juan y Daniel. El resto únicamente se ha asomado por la puerta para husmear, criticar, pedir prestado algún libro... ¡Qué diferente es este Noviciado del Postulantado! Han pasado unas semanas y, sin embargo, me parecen mil años. No se parece en nada a las sonrisas y buenas palabras del comienzo. ¿Será pasajero? El mundo se rompe ante mi. ¿Dónde está la verdad?

Convento, 12 de Noviembre de 1982

Día completo. Sigo enfermo. Hoy me he desmayado dos veces. Creo que lo llaman lipotimia. Suena a señora gorda cargada con paquetes y con muy mal genio.

Me levanto de la cama para ir a los aseos, voy a abrir la puerta y... me veo en el suelo. Como puedo doy una patada en la puerta, pero nadie me oye. Mi mente se vuelve borrosa, y mi ser parece deslizarse a un lugar desconocido con similitudes de sueño, pero sin serlo... A estas horas todos se encuentran fuera de sus celdas, y en este corredor de la segunda planta hay treinta y ocho. En sus tiempos de esplendor este convento podía albergar a más de cien novicios...

Me quedo durante unos instantes en el suelo, sintiendo su dureza, percatándome de su frialdad, intentando recuperar algunas fuerzas para levantarme. Tras unos momentos me incorporo y salgo al pasillo para pedir ayuda de nuevo, pero no tengo tiempo de abrir la boca. ¡Me doy de nuevo de cabeza contra las baldosas! ¡Qué porrazo!... Por suerte en esos momentos suben Juan y un albañil para revisar las grietas de algunas celdas que el Prior al fin ha decidido reparar.

A los cinco minutos, después de haberse revolucionado todo el convento —hábitos remangados por aquí, carreras por allá—, aparece el médico. Su diagnóstico ha sido que podía sufrir una insuficiencia hepática. Desde entonces no he salido de la cama, me duele el cuerpo, especialmente el deshonrroso chichón y los cardenales.

En estos momentos en los que me encuentro enfermo y en la cama es cuando más hecho de menos a mis padres. Nadie como ellos para estos casos. Necesito que me mimen un poco. Estoy solo casi todo el día. Hoy he recibido una carta de ellos, y se me han saltado las lágrimas. No les he querido decir nada aún para no preocuparles antes de tiempo. Sus palabras son un bálsamo para mi alma, a la vez que no puedo dejar de sentirme un poco triste y melancólico. Me siento débil, y me cuestiono continuamente si la elección que he tomado es la adecuada, no sólo por mis padres, sino por mi.

Todo parece demasiado confuso en estos momentos como para ver una salida real.

Querido hijo:
Aunque hace solo unos días que te escribimos, te mandamos estas líneas, ya que esta semana no vamos a poder ir a visitarte. Ya sabes que no está muy bien visto el que los padres visiten a los novicios, y no queremos crearte problemas.

Suponemos que estarás bien y contento, aunque en ocasiones te cueste trabajo adaptarte a las normas y costumbres del convento, pero si tu te lo propones y lo deseas, lo conseguirás.

Procura ser puntual en todo y obediente. No des malas contestaciones de esas que sin darte cuenta sueltas.

Por si cuando nos veamos se nos olvida, ¿qué tal va lo del pelo? Si notas que se te sigue cayendo díselo al médico, y si no te dice nada al respecto, se lo diremos nosotros al de aquí de Madrid.

Ayer cuando fuimos al grupo de oración nos preguntó mucha gente por ti, y nos pidieron que te diéramos un abrazo de su parte.

Queremos papá y yo que estés contento y feliz, pues ya que tu has elegido el camino del Sacerdocio, deseamos que Dios te ayude a seguir en el con Paz y Alegría.

Bueno hijo, te deseo que estés muy contento. Hasta pronto. Recibe un montón de besos y abrazos de:

Mamá

Querido hijo:
Espero que perseveres y continúes contento y feliz, ya que suponemos que tiene que costarte mucho no solo el acostumbrarte a esa vida, sino el haberte desprendido de nosotros y de todo.

Quiero que sepas que nos acordamos mucho de ti, hijo mío, pues cuando por la mañana paso por delante de tu habitación para ir a trabajar, miro y creo que te voy a encontrar acostado, y me entra pena de que no estés entre nosotros. Pero si Dios lo ha querido así, si ese es su deseo, nosotros lo aceptamos con agrado; ya que te queremos tanto, también es mayor nuestro desprendimiento. Muchas veces nos parece mentira y te echamos de menos.

Cuando vayamos a verte te llevaremos ropa y camisetas de invierno que te hemos comprado, pues sabemos que el convento es muy frío.

Deseando verte pronto y con todo el amor que te tengo, que Dios te bendiga y te ayude...

Tu padre

Me siento triste. ¿Cómo a unos padres como a estos ha ido a tocarles un hijo como yo? ¡No puedo permitir que sepan mi secreto! He de permanecer aquí cueste lo que cueste.

Convento, 14 de Noviembre de 1982

Sea lo que sea esta enfermedad, está durando demasiado, y ni siquiera sabemos en qué consiste realmente. A cada visita médica sucede un diagnóstico, aunque el más convincente parece ser de hepatitis de origen vírico. De no remitir en los próximos días llamarán a mis padres.

Estoy cansado y un poco amarillo... ¿Cómo la habré contraído? ¡Mas quisiera yo de que al menos fuera a causa de una desaforada relación sexual poco fiable! ¿Pudo ser cuando trabajé como voluntario con disminuidos psíquicos? Recuerdo que había varios Síndrome de Down que eran portadores, si bien creí cumplir con todas las precauciones... Evidentemente no ha sido así.

Estoy cansado, y sólo deseo dormir, en todo caso soñar con sonrientes chinitos que me enseñen a comer con palillos el arroz frito tres delicias.

Convento, 15 de Noviembre de 1982

Ha venido a verme Fray Antonio, Fray «Bayeto» como le llamamos los novicios. Es un Hermano Lego de unos cuarenta y cinco años que se encarga de la limpieza del convento. Son tareas sencillas, sin grandes responsabilidades, pues no parece tener muchas luces. Es un hombre bajito y rechoncho, con las mejillas siempre sonrosadas. Sus manos, grandes y toscas, siempre están llenas de callos y ampollas, pues se ha de reconocer que a pesar de todo trabaja muy duramente. Tiene la apariencia de ser un hombre sencillo que, de no haber escogido la vida religiosa, podría haber sido feliz siendo pastor de ovejas, agricultor o albañil. Es muy nervioso e inseguro, tartamudeando con facilidad. Es un poco el bufón de esta casa, la «chacha» de los Padres, y en general el blanco de no pocas bromas a causa de su ingenuidad.

Le aprecio, y a pesar de ello, confieso haber participado en más de una ocasión en algún comentario jocoso a su costa.

Supongo que todos sus gestos tenían una buena y sana intención, que no ocultaban malicia alguna, sino una simple espontaneidad... Una parte de mi se sentía violenta ante sus caricias en mi rostro, su mano en mi muslo derecho y sus «¡Qué majo eres!, ¡majo!, ¡majo!»...

No deseaba herirle, él también se debe sentir solo. Por lo tanto, me comporté de la forma mas natural de la que fui capaz, sin dejar traslucir, en la medida de mis posibilidades, el asombro, la sorpresa y... Al fin y al cabo parece una buena persona, y es de los pocos que realmente parece preocuparse por nosotros.

¡No! No puedo olvidar esa mano en mi muslo, ese disimulado intento de levantar las sábanas. ¿Son imaginaciones mías? ¿Veo más allá de la realidad? Supongo que en buena parte toda esta confusión puede ser efecto de la fiebre...

Convento, 16 de Noviembre de 1982

Esto de palabra celda, aunque sea en plan conventual, suena cada vez más a broma pesada. Estoy recluido. Me han prohibido las visitas. Paso todo el tiempo solo. Exclusivamente recibo las visitas de Juan —que se ha ofrecido voluntario al estar inmunizado—, y del Padre Maestro. Definitivamente estoy en cuarentena ante la casi certeza de padecer hepatitis. Ciertamente tengo los ojos y la lengua amarillentos, y me encuentro muy cansado, no se si por la posible enfermedad, o simplemente por permanecer tanto tiempo en la cama.

Esperaré a mañana para decírselo a mi familia, pero no se como hacerlo. Ha de verme un especialista, y es de suponer que será en Madrid.

Entre las lecturas inspiradoras que me ha traído el Padre Maestro para que pase el tiempo, se encuentra la biografía de uno de nuestros Santos de la Orden. Lo he pasado un poco mal. Habla de sufrimiento, de Cruz, de glorificación en el Dolor. El lenguaje es tan almibarado, que tengo las manos pegajosas de pasar páginas con tanta dulzura... Todos los Santos son tan Santos desde la niñez que uno no puede dejar de fruncir el ceño de cuando en cuando. ¡Eso de que de bebés rechazaran el pecho todos los viernes, ayunando y haciendo penitencia por la Crucifixión del Señor me parece excesivo! Se asemejan más a bebés con síndrome de hospitalismo que semillas de futuros altares. ¡Y no hablemos de las flagelaciones y penitencias! En base a los descubrimientos psicológicos actuales más de uno de estos ejemplos de beatitud sería catalogado como maníaco-depresivo o sadomasoquista. Por cierto, creo recordar haber visto un par de cilicios en este convento, pero no memoro donde...

Más tarde.

Me siento muy agradecido a Juan. Durante el tiempo que pasa a mi lado me siento mucho mejor, y sobre todo, importante para alguien. Es paciente cuando le pido que me suba la almohada —o la quite—, o cuando le pido agua o alguna otra cosa.

Madrid, 18 de Noviembre de 1982

Vinieron mis padres a verme. Parece que no les habían llamado hasta hoy, y al enterarse de que estaba enfermo han acudido rápidamente. ¡Cuánto me alegré de verlos! Me han mandado unos nuevos análisis. Para evitar un posible contagio a otros novicios, me encuentro en Madrid con el permiso del Prior. ¡Estoy en casa! Esta es la primera ocasión por la cual me siento agradecido al Prior. Hubiera deseado regresar unos días por otros motivos, y no por una enfermedad. Mis padres se sienten felices de tenerme con ellos, aunque lógicamente se encuentran preocupados.

Un soplo de vida a entrado en mis pulmones, y me siento fortalecido en muchos aspectos; en otros, me percibo más débil que nunca...

Madrid, 20 de Noviembre de 1982

Al haberse solicitado mis análisis por vía de urgencia ya dispongo de los resultados. La prueba de la hepatitis ha dado positiva. El contagio ha sido muy leve, y mi organismo ya empezaba a recuperarse por sí mismo. Con la ayuda de los medicamentos la mejoría será mucho más rápida. No me quedarán más secuelas que encontrarme naturalmente inmunizado, sin que los demás puedan correr riesgo de contagio. ¡He tenido suerte! En otros casos las secuelas son graves y permanecen durante toda la vida.

Madrid, 23 de Noviembre de 1982

Duele, duele volver al mundo, salir de donde uno se siente relativamente más protegido de la mundalidad. Duele, porque me siento atraído por aquello a lo que en principio debiera renunciar. No me siento fraile, y menos aquí, sin hábito, sin rezos, sin Padres... Me siento un joven con unos deseos confusos y no aceptados.

Todo se repite en mi vida, casi nada parece cambiar. No me siento, en lo profundo, muy diferente del que era hace unos años, e incluso meses. No me hace mucha ilusión vivir. Sigo buscando, y ni siquiera El llena ya mi corazón. Me parece lejano. Me siento como un juguete entre sus manos. Experimento a Dios como si fuera un Gran Niño Todopoderoso, que como todo niño, con amor y curiosidad destroza saltamontes, mutila lagartijas arrancándoles los miembros; que como todo niño desmonta a su parecer sus muñecos, encariñándose con ellos cuanto más mutilados, feos y amputados se encuentran. Me veo encerrado en una trampa de la cual no puedo salir.

Sigo esperando a que la locura me acepte, pues supondría una forma de huir; o dormir sin despertar hasta que llegara la hora de mi muerte. Yo esperaba que conocer al Señor supusiera la felicidad, la fuerza y la paz en vida, pero no ha sido así por el momento. Me siento atraído por Dios y por el mundo, pero ninguno de los dos da un sentido completo a mi existencia. Quisiera romper definitivamente con uno de los dos, pero no me es posible.

Aquí, en casa, ahora, siento nostalgia de aquello a lo que he renunciado: casa, padres, libertad humana, amigos, caprichos, hacer el amor, besar, acariciar, masturbarme, dominar mi vida y someterla. Esperaba fuerzas divinas que me ayudaran a vencer todo esto. En lo más profundo de mi ser, aún deseo el pecado con el que Dios me marcó desde mi nacimiento.

Si nací con el, si no lo elegí, ¿por qué he de renunciar a él? En ocasiones, incluso en el convento, se enciende la luz roja de peligro, y me veo indefenso de mi mismo. No se si he optado por engañarme ocultando mis sentimientos más profundos, intentando olvidar lo que soy. ¿Cuanto tiempo resistiré? ¿Deberé de vivir esta tortura interior toda mi existencia? ¿La muerte se presentaría ante mi con la mano extendida como una verdadera amiga, como una liberación? ¿Después de la muerte hay algo? ¿Es realmente como nos la han contado? No hay respuestas, no hay salidas, puede que solo condenación. ¿Por qué ya me creó condenado? No deseo ser como soy, aunque a veces me sienta tentado a ser fiel a mi identidad hasta el final. Me hubiera gustado haber sido *normal*. Soy un despojo humano.

Creo que desde que he comenzado este nuevo diario esta es la primera ocasión en la que soy capaz de plasmar tímidamente como me siento. Hasta el momento he evitado implicarme emocionalmente en mis más profundas miserias, intentando reflejar hechos y sensaciones que no tenían más misión que la de cortinas de humo que impidieran ver mis problemas. ¿Esto será bueno?

Madrid, 24 de Noviembre de 1982

He tenido otro desvanecimiento. Me caí en el salón. ¿Qué me está pasando? ¿Será a causa de mi debilidad, de mi convalecencia? ¿Influirá este estado de ánimo en el que he consentido bajar mi coraza? ¿Estaré retrocediendo en el tiempo y en el espacio? ¿Estaré somatizando mi conflicto interior? Si es así, ¿Por qué ahora?

Madrid, 25 de Noviembre de 1982

Ha llamado Juan para preguntar como me encontraba. Ha supuesto una gran alegría oír su voz. Me ha mandado recuerdos —que yo intuyo dudosos— del resto de mis connovicios.
 Daniel y él desean verme restablecido pronto para que vuelva con ellos. Me echan de menos. No me cuesta, en este caso, creerlos. Intuyo que comienzan a apreciarme de verdad.
 Disfruto de la compañía de mis padres, aprovechando cada minuto para luego recordarlo durante mi permanencia en los pozos que aún me quedan por venir. Me siento hipócrita ante ellos, pero hago de tripas corazón. No deben saber lo que siento.

Madrid, 26 de Noviembre de 1982

Es agridulce a mi alma el sabor de la desesperanza, de la desolación... Me siento tentado a beber de nuevo y con ansia de las aguas corruptas, estancadas, putrefactas de mis contradicciones, de mi pasado, de mi historia personal. Quisiera llenar mi vida. Dudo ya hasta del amor de Dios, de que me haya salvado por la Cruz, de que me haya sanado de mis enfermedades morales y espirituales. Dudo ya de la existencia de un Dios que me ama, de un Dios que me proteje, de Uno que vela por mí... Tiemblo de pensar: ¿Hay de verdad un Dios?

Esta tarde vino a visitarme Rafael. El ha cambiado mucho, yo a mi manera, también. A pesar de ello, ¡qué cerca me sentía de él! Hubiera sido digno y apropiado el haberle consolado en su tribulación pasajera, pero ¿cómo podía dar y hablar de lo que no sentía? ¡Cuánto han cambiado nuestras vidas! ¡Qué bueno si no hubiéramos crecido y aún continuáramos siendo amigos! ¡Qué deliciosos descubrimientos confirmé con él! En cuantas cosas nos iniciamos el uno al otro con esa torpe e impaciente inocencia de la pubertad. Ahora casi somos unos extraños que se sonríen educadamente, pero que en ocasiones desvían la mirada avergonzada por los mutuos recuerdos. El sabe bien lo que he sido, ignoro si sabe lo que soy... Ya no son caminos cruzados sino divergentes... Hecho de menos aquellos momentos particulares de la ignorancia, el deseo, la avidez de información, la curiosidad, la comparación, la complicidad, la intimidad...

No debiera de haber escrito esto. ¡Debo olvidarlo! No es propio de mi posición ahora. ¡Es el pasado! El volver a casa ha derribado mis defensas...

Diciembre de 1982
POLUCIONES Y MEDITACIONES

Convento, 1 de Diciembre de 1982

Ya estoy de nuevo en el convento. Me encuentro lo suficientemente recuperado como para volver a mi vida normal sin riesgo para nadie.

Mi regreso ha sido una especie de réplica de la despedida de mis padres cuando ingresé para tomar los hábitos. Una parte de mi no deseaba hacerlo, pero aquí estoy. Mi acogida no ha sido muy calurosa. No ha ido generalmente más allá de lo cortés y educado. De todas formas las sonrisas de Daniel y de Juan son auténticas, sus abrazos realmente cálidos y sus palabras sinceras cuando me dijeron que se alegraban de verme.

Sí, el abrazo de Juan ha sido realmente cálido.

Convento, 5 de Diciembre de 1982

Es de noche. Estoy decaído. Me siento triste. Hoy nos han permitido salir al pueblo después de cenar. Poco a poco Juan y yo hemos comprobado de nuevo que nadie deseaba que les acompañaramos. Nadie quería compartir su tiempo o sus planes con nosotros. Una vez más nos hemos sentido desplazados, aislados, y aunque parezca mentira, la situación casi nos ha hecho llorar. En esta nueva familia parece que también existen la acepción de personas, los secretos y las rivalidades.

Quiero olvidar, perdonar, o al menos intentarlo. Juan y yo hablamos sobre ello, y pienso que de una forma u otra, definitivamente, nos hemos visto obligados a formar nuestro propio grupo: Daniel, Juan y yo.

Apenas he hablado de mis connovicios hasta ahora. No sé

muy bien qué decir acerca de la mayoría de ellos. Marcelino, Carlos, Juan Carlos, Luis y Mariano ya eran amigos y compañeros durante los años de estancia en el Seminario Menor. La afinidad de sus edades supongo que ha contribuido especialmente a que Guillermo y Antonio se hayan integrado rápidamente. Con sus dieciséis y diecisiete años aún son niños en incipientes cuerpos de hombres. Están repletos de risas, bromas y vitalidad que yo rachazo y envidio a la vez. Sus pensamientos e intereses no tienen demasiado que ver con los míos, sin embargo, seguiré intentando adaptarme a ellos. Como grupo componen una fortaleza infranqueable, si bien de uno en uno es posible algún tipo de comunicación.

Marcos tiene dieciocho años, y es catalán. Con el tiempo es más que probable que sea absorvido como uno más, y que incluso llegue a ocupar cierto liderazgo no exento de una lógica rivalidad. Desconfío de él, no sé explicar bien el por qué.

Félix y Juan tienen veintidós años. El primero es alto, corpulento como un bisonte. Debe ser de los pocos frailes culturistas que deben poblar los conventos, pues la vida monacal no asume muy bien el culto al cuerpo de esta manera. Sus ademanes son rudos y bruscos. Sus estudios no le permiten ser Padre, por lo cual optó por ser Hermano. El segundo, Juan, es hijo de emigrantes españoles en Alemania. Ha vivido allí durante los últimos ocho años. Habla perfectamente el alemán, o al menos eso creo desde mi desconocimiento sobre tal idioma. Cuando habla español tiene un ligero acento que no se parece al duro y seco de los germanos nativos. Es extrovertido, dinámico, divertido, lo que no impide que pueda hablar con él con la profundidad que en ocasiones necesito. Es un firme candidato a la amistad.

A Martín no sé por donde cogerle. Es sumamente reservado y apenas habla. Me transmite los resultados de una educación y creencias severas, demasiado estrictas para sus diecisiete años.

Daniel tiene veintiséis años. Complaciente, educado, formal. Cuando se emociona resulta demasiado expresivo. Simpatizamos.

Quedo yo, diecinueve años. Confuso, reprimido, deseoso de formar parte de esta casa y de esta vida a pesar de mis dudas alternantes.

Convento, 8 de Diciembre de 1982

Mis entrañas se estremecen, mis sentidos se despiertan, mis instintos se desperezan y gimo, gimo en mi interior, y mi gemido no puede ser exteriorizado porque no tiene por donde salir...

Me duele el camino Señor. ¿Esto es necesario? Viendo la película que han retransmitido por la televisión de la comunidad —después de la cena— he comprobado una vez más que soy humano, que aún me seducen los placeres, los deseos y que estoy esclavizado por ellos. Me cuesta trabajo aceptarme, y me pregunto como siempre ¿Por qué?, ¿por qué soy como soy?, ¿por qué no soy alto, fuerte, atractivo?, ¿por qué no soy valeroso, decidio y audaz?, ¿por qué no tengo fortaleza interior y dinamismo?, ¿por qué soy así?

Sí, me cuesta aceptarme como soy. Complejo de inferioridad al cual no sé como enfrentarme. Duele, sí, duele, porque en lo más profundo de mi corazón soy orgulloso, desearía ser admirado, fuerte y firme, que nadie me venciera, ser libre, ser... En lo más profundo de mi ser necesito ser aceptado, no sólo por Dios, sino por la gente que me rodea.

Siento envidia. El instinto sexual quiere despertar de nuevo y no debo permitirlo. Debo anestesiarlo una vez más.

No pensé que morir fuera tan difícil, no pensé que morir a todo fuera morir tanto. Duele, y por más que deseo doblegarme, por más que intento someterme a Dios, una parte de mí grita: ¡NO!, ¡NO LO HAGAS!, ¡ES LA MUERTE!, ¡TE VAS A DESTRUIR AÚN MÁS! Que terrible es sentirse atraído por aquello que se sabe que es vano, que es fútil, que es muerte en Cristo, y no ser capaz de seguir la Vida. Siento deseos de retroceder porque me da la impresión de que me pides demasiado. Me quitas y me quitas, y nada me queda, ni siquiera tu Presencia.

¿Y si me equivoco?, ¿y si no tengo suficiente fe?, ¿y si en realidad no me has llamado y todo son imaginaciones mías?, ¿y si continúo atravesando el desierto y veo que me he confundido?... Me habría quedado sin nada...

Convento, 10 de Diciembre de 1982

Deus, in adiutórium meun inténde. Dómine, ad adiuvándum me festina. Ven, ¡Oh Dios!, en mi ayuda. Señor, apresúrate a socorrerme.

Convento, 13 de Diciembre de 1982

Mis genitales me reclaman que les preste más atención de la que les estoy concediendo, y me lo piden a gritos. ¡Qué fácil sería ahora renunciar a la castidad por un momento! Unos minutos... y el placer desahogaría durante un tiempo sus exigencias. Lo malo es que sentaría un precedente, un eslabón de una cadena que no podría controlar, que me enrollaría siendo cada vez más pesada.

¡Es de locos! Mi Señor me pide que renuncie a todo. ¿Para qué? Para vaciarme... ¿Y para qué?... en teoría para ser llenado de Plenitud. Sigue persistiendo el vacío.

Morir, eso es morir. Pero si es tu Voluntad dame fuerzas para continuar. ¡No me abandones!

¡Julián, ayúdame! Ahora entiendo el desgarro de tu alma, tu sentimiento de pecado y de miseria, tu soledad y tu desierto. ¡Ayúdame a ser fiel!, ¡Clama al cielo por mí! Me siento solo en este mundo que navega en una cloaca, en un mundo que se pudre. ¿Me pides Señor que yo, pobre de mí, sea Luz en una oscuridad tal?, ¿y qué soy yo sino tinieblas?.

¿Merece la pena seguir, renunciar a lo sensual, a lo placentero, lo delicioso, lo atrayente, lo seductor?, ¿merece la pena abandonar otros «ídolos«, otros «Baales», por un crucificado semidesnudo que derramó su sangre por amor y obediencia y que me impreca que coja mi cruz y le siga? ¿Merece la pena el no pecar, el no ser seducido, si al fin y al cabo la misericordia de Dios es tan grande que aunque cayera en el abismo, Él me perdonaría y me aceptaría aún en el último momento de una vida desenfrenada?, ¿merece la pena el no gozar del mundo, si arrepintiéndome luego estoy libre para comenzar de nuevo?

Me da miedo vaciarme, porque eso significa abandonar todo y no ser nada. La nada es algo abrumador, la no manifestación de la propia existencia, la destrucción de la entidad personal. La nada es no existir, dejar de ser, no vivir. ¿Acaso será el vacío el más profundo origen y el más intrincado futuro?, ¿no estará en la nada la sabiduría de lo elemental, de lo inmutable, de la esencia primaria de la presencia inmortal?, ¿no será el todo material, sublimado a la nada para llenarse de todo, el centro de la verdadera elevación de los valores perdurables?. Es difícil entender que para Ser, tengas que dejar de ser, empezando así a formar parte del Ser Supremo.

Convento, 15 de Diciembre de 1982

¡Ha sido espectacular la entrada en escena de Juan —pensando que no le veía nadie— al bajar por las escaleras para ir a la sacristía!. Arremangándose el hábito para no tropezar como en otras ocasiones, se asemejaba a la protagonista de «Lo que el viento se llevó», Escarlata O'Hara, descendiendo por las lujosas escalinatas de Tara, la fastuosa mansión sureña.
No me ha visto, ni por supuesto le diré lo contrario.

Convento, 16 de Diciembre de 1982

Nos ha visitado el Padre Vicario con la finalidad de alentarnos y animarnos en este período de prueba que es el noviciado. Sus palabras han sido hermosas y gratificantes al oído, pero cuando le hemos interrogado sobre dudas y preocupaciones concretas no ha sabido qué contestar. Evadía el tema con la elegancia y la distinción de un político.
Esperábamos que su visita despejara algunas incógnitas que permanecerán con nosotros como amigos fieles de toda la vida.

Convento, 19 de Diciembre de 1982

Antiguas figuras de barro —algunas de ellas ligeramente mutiladas—, castillos, casas y establos de cartón piedra; palmeras y cactus de corcho, ríos de papel de plata, kilos de serrín, harina que se ha de transmutar en nieve... (¿Qué anacronismo es éste de que pueda nevar en Belén?)
El Nacimiento se empieza a montar, y una parte del niño que

fui parece renacer mientras colabora en su ambientación. Por unos minutos me recreé en la fantasía. Recordé aquellas Navidades infantiles en las que disfrutaba con inocencia en todos los ritos y tradiciones navideñas, en las que la Magia de los Reyes Magos de Oriente se extendía por una existencia de un gris incipiente.

Inevitablemente he recordado el Belén que entre mis padres y yo montábamos sobre el aparador de dos metros de largo, y que durante el resto del año acomodaba figuras chinas de baja calidad, fotos de la familia y algunos erizos y estrellas de mar. Con extremo cuidado desenvolvíamos las figuras protegidas en papel de periódico con el temor, casi siempre confirmado, de encontrar alguna mano, pierna o brazo desgajados de sus cuerpos. Tras la tristeza inicial, finalmente siempre encontraban su lugar, no eran marginadas o relegadas al olvido por no ser ya perfectas. Me negaba a desprenderme de ninguna de ellas.

En estas fechas esperaba impacientemente a que mi madre volviera del mercado, pues en muchas ocasiones me traía una pequeña bolsita conteniendo una palmera, cactus, o toda una familia de animalitos de plástico que, al verlos, me hacían dar saltos de alegría de una forma literal.

El temor a los destrozos era comparable al momento de abrir la caja de los adornos del árbol de Navidad y descubrir alguna bola rota. Pero la magia era también similar cuando sobre una silla mis padres me sujetaban para que pudiera colocar los adornos en las ramas más altas e inaccesibles.

En aquellos tiempos sólo era un niño, no tenía dilemas morales, no sabía que era diferente, no era consciente de muchos aspectos de mi mismo, y era feliz..., muy feliz.

Esta nostalgia que los recuerdos me provocaban fue rota al colocar en el nacimiento actual un rebaño de ovejas cerca de unas palmeras y comprobar que a la única oveja negra que había le faltaba la cabeza. Por más que la busqué no la encontré. En un acto de autoafirmación inconsciente —más complejo de lo que pensaba— hice sitio a esta figura mutilada entre el resto del rebaño.

Convento, 22 de Diciembre de 1982

Ayer caí, lleno de impulsos y pasiones, siendo consciente de la banalidad e intrascendencia de mis actos. El resultado no fue demasiado gratificante...

Pero no es esto lo que deseo contar. No, no lo es. Es la profunda sensación, los incontrolados deseos de vivir que me embargan hoy y que siendo tan escasos estoy dispuesto a aprovechar al máximo.

Quedo anonadado ante las Obras de Dios, ante la pretérita y casi olvidada «eternidad» pasada, el vasto presente y el inalcanzable y difuso futuro. Hoy deseo vivir para ver, para comprender, para experimentar... ¡Qué corta es la vida y cuánto hay que aprender!

La magnitud de la Obra de Dios, la trascendencia, la incomensurabilidad del tiempo y del espacio me fascinan. ¿Será malo el desear tanto conocimiento, el obtener la máxima esencia de las cosas?. No quisiera hacer ídolos del universo, dar más importancia a las Obras que al Creador, pero si éstas están, seguro que no es para ignorarlas, sino para deleitarnos en ellas en su justa medida.

¡Es para enloquecer!: Materia, sonidos, formas, matices, contrastes, actitudes, diversidad, comportamientos... ¡Hay tanto que no sé por donde empezar! No estamos en un mundo, estamos en millones de ellos, pero no independientes, no desligados, sino formando uno solo.

Por si fuera poco el mundo material, el paraíso espiritual: inenarrable, indescriptible. El mundo de la mente, de la imaginación, donde todo es posible transgrediendo la lógica. Un lugar donde todo puede suceder, a pesar de que en ocasiones se adorne de incoherencia.

Es la hora del Coro. Han pasado las semanas y aún me parece difícil seguir la Liturgia. Cantar los Salmos es hermoso, da paz, pero la posterior meditación es árida, y en ocasiones improductiva.

Convento, 23 de Diciembre de 1982

No quería hacerme ilusiones. Todo estaba en el aire... ¡Pasaré los días de Nochebuena y Navidad con mis padres! Ya he preparado mis cosas. Saldré mañana por la mañana. ¡Les hecho tanto de menos!

Madrid, 24 de Diciembre de 1982

Les miro, y no puedo evitar el pensar y sentir cuanto les quiero. Sus rostros están iluminados. ¡Tienen a su hijo en casa de nuevo! Hemos hablado de muchas cosas que no hemos tenido ocasión de tratar últimamente. Me han vuelto a preguntar si estoy bien, cómo me va en el convento, si soy feliz. ¡Cuánto hubiera deseado poder decirles la verdad sobre algunas cosas! ¡Cuánto hubiera querido gritar que en este veinticuatro de diciembre naciera también la esperanza en mí!

No quiero hacerles daño. No quiero que sufran más por mí, sobre todo cuando ese sufrimiento puede ser inútil y no va a poder ayudarme por más que yo lo desee, necesite y quiera.

Fue una gran cena, repleta de alegría y sonrisas. Sin embargo mi corazón estaba repleto de melancolía. No fui capaz de permitirme disfrutar totalmente de unos momentos tan valiosos.

Más tarde.

Por más que lo he pedido, por más que lo he deseado, por más que he orado, mi interior es el mismo. Esta noche es Nochebuena, pero no ha nacido nada dentro de mí.

Convento, 27 de Diciembre de 1982

El solitario placer ha sido manipulado lenta y pausadamente a fin de sacar el máximo partido del quebrantamiento de las promesas implícitas que supone el noviciado. He permitido que vengan las imágenes que han permanecido sepultadas bajo la represión... Hoy ha sido plenamente satisfactorio...

Convento, 28 de Diciembre de 1982

¡Dulce venganza! Hoy es el día de los Santos Inocentes. Bromas, todo está tácitamente permitido. Sobrentendidamente ninguno de nosotros ha sido blanco de nuestras propias chanzas. Todas han sido dirigidas contra los Padres... venganza, dulce venganza. Es posible que lo paguemos más adelante, pero hoy ha sido nuestro día.

Nos levantamos pronto. Es una dura labor el impedir que la puerta de la celda del Padre Maestro —con él dentro, por supuesto—, quede de tal forma inmovilizada que apenas se pueda abrir unos milímetros. Daniel tiene la idea de atar el pestillo al radiador del pasillo mediante un complicado juego de nudos, giros y empalmes de cuerdas.

A distancia prudencial por si tuviéramos que salir corriendo esperamos a que intente salir para ir a los aseos con la gástrica puntualidad diaria de un reloj suizo.

¡Un primer intento! El pestillo apenas gira, la puerta no se abre, no se mueve. Nuevos intentos cada vez más impetuosos, hasta que una luz en su adormilado cerebro debe haberle hecho recordar la fecha de hoy. Momentos de silencio, de reflexión..., de imperiosidad posteriormente. Golpes en la puerta, invitaciones llenas de zalamería para que le dejemos salir y que segundo a segundo se van metamorfoseando en imperiosas órdenes. Nos vamos...

No ha acudido al coro..., no está a la hora de su sagrado desayuno... Le vemos más tarde con expresión rabiosa. No hace comentario alguno. El cómo ha conseguido escapar de su cautiverio es para nosotros un misterio que no nos interesa demasiado desvelar.

Mucho más vistosas fueron las bromas que se hicieron en la Iglesia, antes y durante la misa. No sé quienes fueron los autores de la ocurrencia, pero he de alabar el valor y la originalidad de tales tácticas.

Vienen a mi memoria como si estuvieran sucediendo en este mismo instante: La Iglesia está casi repleta, con ese ambiente aburrido y monótono recogimiento de siempre. Fray «Bayeto» se acerca a encender los cirios. Los candelabros son altos y él bajito, por lo tanto debe levantar el brazo por encima de su vista y encender el pabilo casi a tientas. Al principio le cuesta, consiguiéndolo finalmente. Nunca podré olvidar su cara al encender la pólvora. Diminutas bengalas de todos los colores empiezan a dispersarse en todas las direcciones. Son segundos apoteósicos. Los fieles intentan que sus carcajadas no sean demasiado evidentes, pero ante la visión de su faz y sus precavidos gestos cuando enciende el segundo cirio ya no pueden contenerse. Con agilidad consigue apartarse a tiempo. Nuevos chisporroteos, risas abiertas... Más tarde sentiré cierta pena por él al enterarme de que sufre del corazón.

Los fieles parecen estar más interesados y expectantes ante la celebración eucarística de lo que suele ser habitual. Su atención no queda defraudada. Cuando el Prior se dispone a proseguir con la Segunda Lectura —preciosa por cierto— descubre que el texto no corresponde a lo que anteriormente había estado declamando. Reiteradamente da la vuelta a la página de un lado a otro sin comprender nada, hasta que descubre que las hojas se encuentran magistralmente pegadas. Las carcajadas resuenan ya libremente por toda la bóveda. Intenta durante unos segundos despegarlas para, finalmente, arrojar el libro sobre el Ara de manera violenta.

La misa fue breve, y los parroquinaos salieron más felices y satisfechos que de costumbre.

Más tarde

Todo este día de carcajadas y charadas no ha podido borrar del todo la melancolía, la tristeza, el recuerdo de la muerte de Julián. No deja de ser una ironía el que todo sucediera durante el Día de los Santos Inocentes. ¡Parece una chirigota de Dios!

Enero de 1983

ASOMÁNDOSE AL POZO

Convento, 1 de Enero de 1983

Hace ya dos años que murió Julián, el que hubiera sido mi Padre Maestro. Sí, su cuerpo ha muerto, pero aún no he conseguido asimilarlo. Recordar todo aquello parece un extraño sueño. ¿Julián muerto? Era la primera vez en mi vida que se me presentaba tan crudamente una realidad: el fallecimiento de alguien a quien amas.

Todo comenzó ese fatídico veintiocho de diciembre. Nos enteramos dos días después. Tuvo un accidente de coche al venir desde el convento a Madrid. Acudimos al hospital. Habitación 431 de cuidados intensivos. No tuve valor suficiente para verle. Ni un rasguño, ni un hematoma exterior, sólo un golpe en la nuca provocado por el frenazo que logró que quedara descerebrado. El electroencefalograma daba plano. Esa mente llena de comprensión, afecto y sabiduría mantenía vivo artificialmente un cuerpo que ya estaba cadáver.

«La fe mueve montañas», pero mi fe no debió de ser suficiente para que Dios lo sanara. Confiaba en sus promesas, pero Él debía tener otros planes.

Durante esos momentos oré como nunca, día y noche. Fe y decisión, lágrimas de dolor y no de flaqueza. Mas el milagro no se produjo. Mil preguntas, ideas y conceptos me hacían sentir mal. No entendemos los caminos de Dios, el porqué de sus decisiones... Tenía veintisiete años.

Humanamente, era desgarrador. Falleció, irónicamente, el uno de enero: «Año Nuevo, Vida Nueva». Cuando entré en la cripta donde se exponía su cuerpo antes del entierro y le vi —por primera vez y durante solo un momento—, me derrumbé...

«Si el grano de trigo no muere no da fruto.»

Han pasado los años, y todavía le recuerdo. Me pregunto como hubiera sido mi estancia aquí si él continuara vivo. Nunca lo sabré.

Julián era un enamorado de Dios con ojos de enamorado, manos de enamorado, corazón de enamorado. Se fue con su Amor, y a pesar de que nos privó de su presencia aún pervive en nosotros todo lo bueno que nos dio.

Convento, 7 de Enero de 1983

Gracias a Dios han pasado las Navidades. No es muy adecuado para un Fraile decir esto, sin embargo es lo que siento. Desde siempre, desde que se rompió el encanto de la niñez, la ilusión por los belenes, árboles de Navidad, villancicos, día de Reyes y consiguientes regalos; desde que me di cuenta de lo comercializadas que estaban y cuán llenas de hipocresía se vivían, murió, como digo, la magia.

Ya sea en la calle o en el convento, la gente luce espléndidas sonrisas. Gente que no se habla durante el año, se saluda cortésmente e incluso pregunta por la señora y los niños. Las calles se visten de colores, mientras que los corazones grises se sienten mucho más solos, incluso dejando algunos de latir... Parece que estamos obligados a ser felices, o al menos a aparentarlo. Hay que pasarlo bien sin excusas.

No me creo especialmente místico, pero las Navidades se han convertido en unas fiestas paganas de complicado y confuso significado.

Aquí mismo, todos esos buenos deseos, toda esa alegría fatua, toda esa cordialidad, pierden fuerza como globos pinchados y estallan como pompas de jabón.

Año Nuevo, vida nueva. Promesas de ilusión que se van difuminando al comprobar una vez más que nada ha cambiado, y menos nosotros mismos.

Más tarde

Retazos incorpóreos de conversaciones privadas de los Padres: El Padre Rogelio se ha referido a nosotros como «esos pequeños cabrones hijos de puta».

El Año Nuevo supone una vuelta a la realidad.

Convento, 10 de Enero de 1983

Ser monje o fraile supone el más renovado empeño que puede elegir el individuo para dedicar su vida a la búsqueda de la propia superación, el deseado encuentro de lo que normalmente denominamos «lo divino», enfrentado a «lo humano» cercano y cotidiano que se intenta abandonar.

Consiste también en la integración en una comunidad en la que todos sus miembros se han comprometido en unir sus fuerzas para que esta búsqueda llegue a buen fin. Hay intercambio de experiencias personales en aras de la evolución espiritual de todo el colectivo del que se forma parte.

Ésta es posiblemente una realidad palpable para muchos, un sentimiento y experiencias reales, una expectativa definida cada vez más claramente. Sin embargo, me cuestiono en algunos momentos la auténtica libertad que pueda haber en todo esto. La mayoría de las religiones establecidas se han mostrado, generalmente, como formas más o menos encubiertas de sumisión, en las que las multitudes no tienen otra función que obedecer a las minorías sacerdotales que se han levantado como puentes entre las divinidades reconocidas y los creyentes. Estas mismas minorías han anatematizado y proscrito cualquier posible desviación que pudiera suponer un atentado a su autoridad y al mantenimiento de la sumisa obediencia. Incluso se ha mantenido deliberadamente la ignorancia radical de los pueblos, de las naciones para así no caer en el peligro de que mentes con inquietudes se hicieran demasiadas preguntas o vieran las realidades de un modo distinto.

Una comunidad, cualquiera que sea, religiosa o laica, no es un hormiguero donde todo está programado y donde cada hormiga cumple inmediata y maquinalmente con sus deberes, sin que la propia conciencia u otros elementos exteriores sean capaces de modificar nada.

En teoría aquí se me pide pensar, y mucho, pero única y exclusivamente lo que los Padres quieren, lo que la Iglesia desea. Mis grandes o pequeñas dudas de fe, o simplemente de concepto son en muchas ocasiones apagadas como si de peligrosos incendios se tratara. ¿Debo ignorar mis preguntas?, ¿acaso muchas de ellas no son comunes a todos los hombres y mujeres del planeta? Si no encuentro las respuestas en mí, ¿cómo he de darlas a otros cuando me inquieran con la misma ansia de saber?

Quisiera encontrarme hoy con alguno de aquellos ascetas que pululaban libres por el mundo hace tantos siglos que, aún siendo cristianos de corazón, no se sentían atrapados por las normas del proselitismo que la Iglesia fomentaba a toda costa. Sus enseñanzas eran acordes a sus propias experiencias, se inclinaban más a la superación de la conciencia de sus discípulos que a mantenerlos en una disciplina que les obligase a depender sin remedio de las conciencias de otros.

Convento, 12 de Enero de 1983

Hoy en maitines, al leer los Salmos, he cometido uno de los errores de lectura más embarazosos de los últimos tiempos. Es sobradamente conocida la solemnidad de los rezos, la monotonía de las voces y réplicas casi mecánicas de la comunidad. Todo esto se ha conmovido durante unos segundos cuando, al enunciar el Salmo de hoy —del cual no recuerdo el número—, dije:

«A ti Señor me *acojono*, quede yo nunca defraudado».

Nada más pronunciar la frase me di cuenta de mi involuntaria irreverencia y, tímidamente, levanté los ojos de mi breviario para recibir la consabida amonestación. Sólo vi sonrisas, ninguna recriminación. ¡Hasta el Prior se rio, y eso que nunca le había visto hacerlo! Por un momento percibí que era la primera ocasión en la que toda la comunidad estaba unida por un mismo sentimiento espontáneo, aunque fuera la risa.

El Padre Maestro, siguiendo con la humorada, me dijo:

Léelo de nuevo, pero sin acojonarte.

Parece mentira lo que una coma colocada fuera de su sitio puede hacer con la lengua española. De nuevo, he intentado contener mi hilaridad, leí el Salmo Responsorial con toda la dignidad de que fui capaz:

—«...A ti Señor me acojo, no quede yo nunca defraudado».

Las sonrisas continuaron durante el resto de los maitines y, ciertamente, el aburrimiento y la monotonía, al menos por unos momentos, desaparecieron. Conocí un inusual aspecto lúdico de la oración.

Más tarde, en la sala de la comunidad, recibimos la mala noticia de la muerte de dos Hermanos de nuestra Orden en el Salvador. Sus cuerpos habían aparecido acribillados a tiros en el borde de una cuneta de un camino vecinal, a unos tres kilómetros de una aldea llamada San Antón. Recordé los cuadros del claustro representando el martirio de varios hermanos de épocas pasadas y me pregunté si alguien pintaría en el futuro una imagen similar con sus nombres y la fecha debajo. Por lo que he visto hasta ahora, el mundo misional es muy distinto de lo que se respira entre estas paredes. ¿O quizás no? Quiero creer que existan algunos religiosos que sean coherentes con su compromiso de entrega a los hombres en nombre de Cristo, con la lucha contra la injusticia; que sean realmente lo que yo esperaba encontrar aquí y que a mí me hubiera gustado ser.

Durante toda la semana se ofrecerán misas por la salvación de sus almas y de las de sus ejecutores.

El día quizás comenzó con sonrisas, mas a finalizado con el réquiem de nuestro campanario, recuerdo de una pasión bíblica que de una forma u otra ha de consumirnos.

Convento, 21 de Enero de 1983

Mi personalidad, mi psicología, se están disgregando..., disgregando..., disgregando... La no existencia, la nada, el vacío total, la no conciencia de mí mismo es lo que hubiera deseado; el no ser creado, pues una vez concebido existo para toda la eternidad... ¡Qué horror!... ¡Una eternidad por delante siendo como soy...!

Me he engañado a mí mismo, me atreví a creer, me atreví a amar...Creo que escogí al Señor porque me siento incapaz de sobrevivir e integrarme como uno más de la sociedad. Creí ser llamado para así justificar mi no incorporación en el mundo y sus normas. Creí creer. Necesitaba creer que Dios me amaba, necesitaba sentir el amor de Dios, necesitaba creer que Él existía, que me había cambiado, que era perdonado.

En mi vida todo ha sido subjetivo, lo que siento no es lo que es. Me he ofuscado, como tantas otras veces, para intentar cambiar o anular lo que no acepto de mí. ¡Huir!, ¡Siempre lo mismo!. Un continuo escapar de mí mismo sin conseguirlo. No continuaría con el noviciado, pero lo tendré que hacer. Aún es pronto. ¡No estoy preparado! Aunque me escueza, creo que debo aprender muchas cosas entre estas paredes. Puede que mis inconsistencias se decanten definitivamente en un sentido o en otro.

Vivir. Morir. Indiferencia. No hay salida. Creo que seguiré existiendo después de la muerte de mi cuerpo, y eso es lo que me asusta. ¡Tendré que dar cuentas de mi vida! ¿Dónde está el bien?, ¿dónde está el mal?. Los confundo frecuentemente. No todo es blanco o es negro, existen millones de variedades del gris.

En el fondo de mi ser tengo un gran resentimiento contra Dios, no le puedo perdonar el ser como soy. ¿Tengo que ser perdonado o pedir perdón por aquello que no hubiera deseado en mi vida y que sin embargo se me ha obligado a tener?, ¿tengo que pedir perdón por ser como soy, siendo Él el que me hizo así? No, no me refiero al pecado original en sí, no me refiero a a aquello que separa a todos los hombres de Dios. Me refiero a MI PROBLEMA, A MI REALIDAD, a aquello que nunca quise pero me fue impuesto.

Continuamente tengo la sensación de ir acercándome, poco a poco, al borde de un pozo...

Los estados emocionales de gozo, paz, etc..., no corresponden a la realidad. Son sentimientos, no la verdad... El que yo me sienta amado por alguien no quiere decir que realmente me ame. ¿Qué es lo que ha roto este espejo en el que se reflejaban mis anhelos?

El suicidio es un crimen... Además, no deseo esta salida.

Soy esclavo de nuevo. Siempre lo fui. Nunca dejé de serlo a pesar de creerme libre mil veces.

Madrid, 23 de Enero de 1983

Estoy de nuevo unos días en casa de mis padres para la revisión de la hepatitis. Todo va bien. Ya no serán necesarias más pruebas o medicamentos.

Para mi padre mi permanencia aquí ha supuesto una doble alegría, pues coincide con su cumpleaños, y no esperaba que lo pudiéramos celebrar en familia. Le he regalado un par de camisas. Me hubiera gustado regalarle mi alma en estado feliz, y no como un paquete bellamente envuelto que no contiene más que una caja vacía.

Parece que ellos no se han percatado...Creen ver que la caja se encuentra repleta... No quiero preocuparles más, ahora que las noticias de mi renovada salud son reales; no deben saber de mi enfermedad espiritual.

Madrid, 25 de Enero de 1983

Ayer por la tarde el mundo se rompió. Por la tarde, cuando me quedé solo en casa, me embriagué. Era una forma nueva de intentar evadirme y, al no estar acostumbrado a beber, alcancé fácilmente las cotas de la irracionalidad deseada.

Hablé con Cristo crucificado que hay en la cabecera de la cama de la que fue mi habitación. Una vez más conocí la desesperación, esa desesperanza que raya en la locura mientras uno se golpea, llora y se desgarra... Vomité todo lo que tenía que decir. Sé que me encaré con soberbia, pero expresé lo que sentía, me presenté tal cual era. Durante más de una hora me lamenté, lloré, golpeé, abatí, supliqué, blasfemé... Mi odio surgió como un torrente y llegué a decir a Jesús que tal era mi rencor que yo mismo hubiera fijado los clavos de su Cruz, que yo mismo hubiera oradado sus manos y sus pies, que yo mismo hubiera traspasado su costado, que yo mismo le hubiera crucificado de haber podido. ¡Asusta llegar a decir lo que dije...!

De no haber bebido no hubiera sido capaz de hablar con Él. El alcohol propició mi emotividad y me permitió desahogarme. ¡Qué cercana parecía la locura!

Horas más tarde «caí» tras luchar durante semanas. Nada pareció importar. ¡Al fin y al cabo, aún no he hecho los votos! Ayudó a que viniera a mí algo parecido a la paz, una relajación de la pulsión interior.

¿Qué voy a hacer ahora?, ¿qué opción tengo?. Quizás siga adelante, esperando que Él, un lustro de estos, cambie mi corazón y mi mente.

En lo más profundo de mi ser no me arrepiento de lo ocurrido. Fue mejor que gemir interiormente, que llevar la máscara de la impasividad. Además, cuando mi familia fue regresando ya estaba de nuevo en condiciones normales de cinismo e hipocresía para ocultar mi caos.

Madrid, 26 de Enero de 1983

Esta noche he dormido fatal. Me he despertado por tres veces con pesadillas. No las recuerdo, pero en su momento me di cuenta de que eran reflejo de mis miedos, miedos que me hacen gritar aún dormido a pesar de que durante el día calle.

Madrid, 27 de Enero de 1983

Fui a ver la película «Mi vida es mía»: Eutanasia... Yo esperaba que él muriera como reflejo e identificación de mis propios deseos.

Convento, 28 de Enero de 1983

Este convento debe ser un purgatorio donde las ánimas perdidas poseen los cuerpos de los Frailes a fin de continuar apegadas a su pasado terrenal del cual no pueden desprenderse.

    La poca libertad con que contábamos va siendo restringida. No es fácil soportar todo esto. He tenido que poner un candado en el cajón de mi escritorio. Es pequeño, e intuyo conveniente comprar uno más grande y resistente. Debido a las inspecciones en las celdas en busca de algún que otro porro, el concepto de la misma cobra su verdadera dimensión penitenciaria. Sólo falta que nos cacheen. Todo porque ha aparecido un canuto a la puerta de la iglesia. Ya que no pueden indagar sobre los feligreses, lo hacen sobre nosotros. Supongo que sus conciencias quedarán más tranquilas a costa de nuestra dignidad.

    No deseo que fisguen en mi cuarto como lo han hecho. No deseo que encuentren este diario. A mi regreso me encontré con la habitación saqueada: la guitarra, libros, cintas de música... Incluso han hecho «reverencias con sombrero ajeno» a gente de fuera del convento. Eso sí, limpiar el polvo y asear la celda durante mi ausencia nada de nada..., por no hablar de quitar y mandar al lavadero las sábanas y toallas usadas...

Febrero de 1983

DESCUBRIMIENTOS

Convento, 2 de Febrero de 1983

Hoy fuimos de asueto a un pueblo relativamente cercano, abandonado hace más de cincuenta años. La aldea estaba hecha una ruina: techos hundidos, paredes deformadas, vegetación en zonas inverosímiles, restos de enseres de personas que posiblemente ya estén muertas...

A menos de un kilómetro se encontraban las ruinas de un castillo medieval, y un poco más lejos los restos de una necrópolis. Parece que pertenecen a la época visigoda.

No sé decir si los restos están bien o mal conservados, todo es subjetivo... Sí es cierto que aún permanece en pie la torre, los cimientos de algunas casas y bodegas, y algún que otro pasadizo que al investigar se encuentra obstruido por algún derrumbamiento.

La vista desde allí, desde lo alto, es impresionante, y la fantasía vuela libre a la hora de imaginar sus formas de vida y de muerte.

En la necrópolis, escarbando y escarbando, salieron a la luz centenares de huesos humanos. Al menos pudimos reconstruir prácticamente los esqueletos de tres personas. Era ambigüo el sentimiento a la hora de tener una monda calavera en las manos. Las tumbas no estaban marcadas con símbolos cristianos por lo cual los Padres no consideraron que se hubiera incurrido en profanación. Además, uno de ellos es arqueólogo aficionado, y por ello ya conocía de antemano lo que podíamos encontrarnos. Descubrimos también algunas flechas y fragmentos de cerámica descoloridos por el tiempo.

¿Cómo quedarían estos restos envueltos en su carne original?, ¿cuáles serían sus rasgos?, ¿por qué murieron?, ¿habría alguno como yo, que vivió y amó de una forma diferente?

Mientras comíamos vi como el Hermano Dimas y el Padre Ramón paseaban lentamente por el pueblo desierto inspeccionando de nuevo las distintas viviendas semiderruidas. Una de ellas les debió de interesar especialmente, pues tardaron mucho en salir..., demasiado tiempo... Cuando regresaron, Dimas esbozaba una resplandeciente sonrisa mientras que el Padre Ramón tenía colocado el rosario al revés...

Convento, 3 de Febrero de 1983

Esta noche he tenido un sueño precioso. He soñado con Julián, ese joven sacerdote fallecido al que tanto echo de menos. Creo que su vida —y también su muerte— tuvieron mucho que ver en la decisión de dar este paso monacal. ¿Cuántas veces estuve a punto de hablar con él? Finalmente, cuando ya me había decidido, era demasiado tarde.

Él sí era una persona que sentía y vivía la fe, hablaba de Dios como de un enamorado. Él era su centro, su más íntimo amigo. ¡Qué envidia!, ¡Cuánto me hubiera gustado el que me enseñara! Su humanidad, su comprensión, la ausencia de la necesidad de juzgar, la paz que transmitía me fueron animando poco a poco a hablar con él, pero como ya digo era demasiado tarde.

En el sueño nos encontrábamos en un retiro espiritual. En varias ocasiones me parecía ver a algunos novicios entre las sombras del claustro. Sus rasgos eran indefinidos y, al acercarme una y otra vez para intentar reconocerlos, gritaba al descubrir que eran rostros desconocidos. Me asustaba e intentaba escapar de ellos. Aparecí en la capilla. Entre la oscuridad vagaban varios hermanos con sus hábitos y casullas preparados para concelebrar una misa. Me encontraba entre ellos. Pregunté a unos y a otros si me podían ayudar, pero todos se apartaban, volvían sus rostros, me presentaban sus espaldas. Todos ellos estaban rodeados por un halo de luz que alumbraba la oscuridad por donde caminaban. La luz se alejaba de mí y me sumía en las tinieblas. Me quedé solo, con miedo... Un escalofrío recorrió mi cuerpo y me obligó a volverme casi involuntariamente. ¡Allí se encontraba Julián! Él era más Luz que ninguno. Aún sabiéndolo muerto no grité al verle. ¡Él estaba frente a mí y se acercaba, no me daba la espalda! Él sí se preocupaba por mí, él sí que quería atender. Me dijo: «Ven conmigo». Y fui...

Montamos en su coche, el mismo en el que encontró la muerte. Dudé unos segundos. La única luz provenía del interior del vehículo, de él. Conducía seguro y firme, diciéndome que me iba a llevar a su hogar, a donde él se encontraba. Por la carretera se cruzaban sombras de personas. Temía que Julián las atropellara. Él no se desviaba, pasaba por encima de ellas y éstas se esfumaban. De cuando en cuando me sonreía. De pronto, se pasó de la oscuridad a un paulatino amanecer. ¡Luces, colores, brillos!... Desgraciadamente, en ese instante, me desperté.

Este sueño me llenó de una gran alegría y paz haciéndome sentir a Julián muy cerca. La imagen onírica en sí es complicada y de diversas lecturas. Prefiero pensar en positivo. No quiero pensar que deseara llevarme a la muerte, sino a la vida. Quiero pensar que la luz que otros me negaban como ministros de Cristo, él me la pensaba dar. Prefiero pensar que la carretera fuera el camino de la fe. Quizás las sombras que se cruzaban en el camino para que perdiéramos el control del coche fueran las tentaciones de la vida, los problemas... No hay que pararse, no hay que desviarse, no hay que perder el control... Al fin y al cabo, sólo son sombras que intentan aparentar lo que no son y que finalmente han de desaparecer. Quiero pensar que se ha de ir por la carretera siempre de frente, a pesar de todo, a pesar de las dificultades.

Sé que todo esto es algo romántico. Sin embargo, quiero permitirme hoy ser feliz, aunque sólo sea un rato; pensar en la luz...

Convento, 6 de Febrero de 1983

Llevo tres días en la cama con catarro. Hoy me he levantado un poco aunque se me ha bajado al pecho y me cuesta mucho respirar. Cada respiración va acompañada de un pitido agudo que en ocasiones termina en una tos incontrolable. Era de esperar que aún durmiendo con cinco mantas me enfriara.

Por las mañanas hay que golpear los grifos y las cañerías para romper el hielo que se ha formado en su interior durante la noche. Cuando consigo un hilillo de agua, osadamente meto el dedo índice debajo y me quito las legañas lo más rápidamente posible. Pero hay que ducharse, y esto sí que son palabras mayores...

Mi cuerpo tirita desnudo incluso antes de mojarme. No hay agua caliente. Me remojo velozmente mientras miles de agujas parecen traspasar mi carne. Los genitales se esconden y encogen como si fueran la cabeza y extremidades de una tortuga que intenta protegerlas dentro del caparazón. Salgo, froto vigorosamente la piel con una ridícula toalla de lavabo, a toda prisa, pues aún hay otros esperando el mismo martirio higiénico-matinal. Con el pelo aún mojado —húmedo por más veces que lo intento secar con tan lastimoso paño ya empapado—, camiseta de manga larga, dos jerseis y el hábito, me encamino a toda prisa para rezar los maitines.

Los pasillos, el refectorio, todas las dependencias del convento son una inmensa sepultura fría y húmeda. De nada sirven las estufas...

Al refectorio llega fría la sopa que ha salido cociendo de las cocinas. Los carámbanos de hielo cuelgan dentro del mismo convento. Las corrientes serpentean sin saber bien cuál es su origen. Frío. Tengo frío. ¡Frío!

Y frío es el ambiente, helado se siente mi corazón. Las críticas, los comentarios, las maledicencias, los cotilleos están en el ambiente como las corrientes heladas.

No son imaginaciones mías: no soy aceptado aquí más que por tres o cuatro hermanos. La mayoría de los novicios y Padres, incluido el Padre Maestro, no me aprueban. ¡Duele! Sobre todo y por encima de todo me hiere en mi necesidad de aceptación.

Todo es una farsa, una hipocresía, un simple cumplimiento de las normas y constituciones que esclavizan al hombre en vez de liberarlo, y que se cumplen —cuando se cumplen— porque está escrito, no por amor. Yo no soy mejor que ellos, no; y eso es lo que me entristece aún más, que ellos son como yo... Yo no soy mejor que nadie, ni más santo, para dar ejemplo como novicio, de santidad, condescendencia, mansedumbre y amor cuando Padres que llevan más de cuarenta o cincuenta años en el sacerdocio no lo dan...

Ésta no es la principal causa de mis tentaciones y decisiones intermitentes de marcha, pero sí la confirma. ¡Si todo fuera diferente! ¡Comunidad!, ¿Común-Unidad?...

Convento, 9 de Febrero de 1983

Estoy cansado. Me voy destruyendo poco a poco y no sé que hacer. Nunca sé que hacer. Es cierto, soy un indeciso, un inconsciente, un tibio. Todos los días me enfrento al mismo dilema. Todos los días veo en mí la dicotomía, los polos opuestos, y en verdad que obedezco y desobedezco las leyes de «atracción y repulsión» de los dos. ¿Qué más puedo hacer? Durante años he sentido lo mismo, durante años estos dos embriones de gemelos antagónicos se han estado gestando en mi alma. ¿Verá alguno la luz?, ¿deberá morir uno para que nazca el otro?, ¿no nacerán al no ser viables, permaneciendo en las más recónditas entrañas de mi alma creciendo, chupando de mí hasta que muera? Quisiera que los dos nacieran pronto y que crecieran juntos siendo amigos inseparables, que fueran felices y que me dieran paz...

Convento, 10 de Febrero de 1983

La película que han echado esta noche en la televisión me ha hecho meditar sobre la locura. ¿Qué digo? Mil veces he pensado en ella durante los múltiples momentos bajos de mi vida. Me parece atractiva en muchas ocasiones. ¡Qué espanto! Sí, la locura también podría ser una solución, una salida intermedia entre la vida y la muerte; tu cuerpo no escapa pero sí lo hace tu mente buscando realidades distintas. En muchas ocasiones he deseado que la locura fuera mi amiga...

Convento, 14 de Febrero de 1983

¡San Valentín! Día de los enamorados. Estando aquí no me libro de la nostalgia de un amor humano que me es prohibido. Quisiera que esta jornada tuviera un significado más completo y reconfortante que el de la carencia, represión y renuncia.

Convento, 18 de Febrero de 1983

Escribo por escribir... En estas jornadas no ha acaecido cambio alguno. Ni la oración, meditación, rosario..., ni tan siquiera la eucaristía han modificado apreciablemente mi vida interior.

Pienso en cómo serían las cosas si me hubiera incorporado en otra Orden o Congregación, o simplemente si me hubieran adjudicado otro noviciado perteneciente a otra provincia religiosa. La cruz puede que fuera más llevadera.

En el fondo, en todo caso, posiblemente, sólo hubiera pospuesto la aparición de un dilema latente que más tarde o más temprano terminaría por emerger.

Puede que hubiera aletargado durante años estos sentimientos que forman parte de mí. Incluso puede que hubiera tenido el tiempo suficiente para domesticarlos y que comieran de mi mano, no de mí mismo...

Convento, 19 de Febrero de 1983

¡Señor!, no logro comprender tu existencia en este mundo, ni que el mundo exista sin Ti. Sin Ti la vida me es absurda, mas en ocasiones, contigo también lo es. ¡Quisiera comprender tantas cosas!... Quiero comprender, saber encajar algunos de los millones de piezas que componen el rompecabezas de mi vida.

Yo deseo seguirte, pero en ocasiones me pareces demasiado lejano como para poder siquiera alcanzarte. Tan lejano como una estrella. ¡Nunca pensé que sería tan duro el seguirte! No es que no desee hacerlo. Lo deseo, pero necesito que me ayudes porque yo solo no puedo. Sin Ti no tengo esperanza, contigo la vida se me presenta casi aún más difícil. ¡Padre!, guíame en mi futuro, haz que yo viva en Ti.

¡Qué agonía siento!. ¿Qué más he de hacer para que te apoderes de mí, para ser tu instrumento? Soy un hijo que te busca pero que no te acaba de encontrar. Hay momentos en los que he creído hacerlo, para posteriormente descubrir cuan lejos te encontrabas de mí. En Ti desearía encontrar consuelo, pero por más que lo intento no lo encuentro. Sé que soy una persona inestable, que tan pronto ríe como llora...; tan pronto siento que la vida me da, me sonríe y es bella, como luego percibo que me arrebata y me mira con ojos duros, fríos e inexpresivos.

No es fácil comprender y aceptar con amor la responsabilidad de vivir. Si en mí no hay la tan ansiada paz, ¿cómo he de transmitirla?. ¿En verdad escuchas mis plegarias? No te comprendo, no entiendo tu lenguaje. No encuentro mi lugar.

Me dirás que es cómodo autocompadecerse, pero no sé hacer otra cosa... ¡Soy débil, Tú fuerte! Tú, que eres fuerza, ¿puedes entender mi debilidad?

No encuentro nada en mí, ni física ni espiritualmente que pueda ser bueno. No tengo ni musculatura ni talla para los trabajos materiales, mi apariencia no es la de aquel que lleva el esplendor y la armonía, mi mente no es ágil como el vuelo del águila... Soy emprendedor en diversas metas, y fracasado en todas ellas porque no he sabido llevarlas a cabo como debiera ser. ¡Si aún siendo así, débil de cuerpo y tardo de mente, dispusiera al menos de un alma y un corazón fuertes! Por el contrario, son aún más vulnerables que mi exterior.

No sé como vivir mi vida. Quiero sentirme..., sentirme seguro, tener fe de verdad en que mi nombre está escrito en la palma de tu mano, que me cuidas, consuelas y enjugas mis lágrimas. Dame de beber tu agua, porque no hay nada que pueda calmar mi sed. Mi espíritu busca inquieto cielos más altos, más extensos donde poder volar...

Convento, 20 de Febrero de 1983

Me siento como un polluelo con alas rotas que debiera de haber aprendido ya a cuidarse a sí mismo, que debiera ya disponerse a emigrar junto a su bandada en dirección a zonas cálidas, pero que no puede hacerlo...

Convento, 21 de Febrero de 1983

Juan, Daniel y yo hemos estado hablando durante horas sobre la Iglesia. Cada uno de nosotros tiene un claro rasgo de disconformidad en temas concretos. Su presencia hace que mi soledad sea menos soledad en algunos momentos. En otros, ni siquiera su presencia y su afecto son suficientes para calmar la sed que hay dentro de mí...

Convento, 22 de Febrero de 1983

Durante todo este tiempo, sólo en una o dos ocasiones me ha invitado Marcos a su celda para hablar superficialmente o para compartir alguna lectura. El encuentro de hoy ha sido antes de comer, y si bien ha sido breve, también ha supuesto unos momentos confusamente reveladores.

Siempre me ha parecido demasiado suave en sus formas y maneras a pesar de ser, por otro lado, muy tradicional e incluso reaccionario. Nunca pensé que alguien que alabara tan denodadamente la postura de Monseñor Lefevre —hereje francés que se ha escindido de la Iglesia católica retomando los ritos y costumbres de antes del Concilio Vaticano II— se permita por otro lado la superficialidad de disponer de una amplia gama de cremas de belleza tipo «Pons, belleza en siete días».

Cuando abrió su armario aparecieron ante mí cremas hidratantes, exfoliantes, quita ojeras, maquillaje suave, e incluso un aparato que nunca había visto, pero que ahora supongo que pudiera ser un rizador de pestañas.

Debe ser el suyo un cutis muy delicado, o ser uno más de los tantos que voy descubriendo por aquí...

No es precisamente una belleza, y por mucho que se cuide, no creo que le sirva de nada...

Convento, 26 de Febrero de 1983

Hoy he cumplido veinte años —ignorancia, tortura, autocompasión—, y una parte de mí se siente vieja, muy vieja, como si la vida hubiera pasado delante de mí marcando arrugas y cicatrices en mi alma, como si en mi interior sobreviviera un anciano de cabellos blancos y huesos quebradizos que mira en silencio a un niño que no tuvo oportunidad de serlo demasiado. Todo esto es pura melancolía. Cada cumpleaños me pregunto: ¿Será éste mi año? ¿Será éste el año en el que consiga tener paz y no sentirme dividido? Los buenos propósitos renovaban fuerzas en estas fechas para ir declinando poco a poco, hasta llegar al mismo punto de partida de ese círculo vicioso que me oprime.

No puedo luchar durante mucho más tiempo. El viejo terminará muriendo, y yo no sabré a qué o a quién mirar dentro de mí. Ambicionaría encontrar el mítico elixir de la juventud, y de repente verme a mí mismo con la edad que aparento. Apenas he comenzado a vivir, se despunta como un destino inescrutable lleno de sorpresas y posibilidades, pero es visto con la pasividad y escepticismo de la decrepitud.

Echo de menos a mis padres, a algunos y escasos amigos. Me han llamado para felicitarme, pero como estábamos de retiro no ha sido posible que vengan.

Es infantil —lo sé— pero quiero una tarta de cumpleaños, pequeños regalos envueltos en papel de vistosos colores, un repipi «Cumpleaños Feliz», extremadamente desafinado. Aquí es donde aparece ese niño amordazado que en ocasiones quiere disfrutar de las cosas más simples y vanales. Si ese niño escapara quizá pudiera rejuvenecer al anciano que hay en mí, aunque sólo fuera por unos fugaces momentos. Sin embargo me encuentro con la dureza de la regla: «Domad vuestra carne con ayunos y abstinencia de comida y bebida cuanto la salud lo permita».

¿En qué estarán pensando mis padres?, ¿cómo se sentirán?, ¿qué es lo que significará este día para ellos?, ¿el primer aniversario de la pérdida de un hijo?

Cumplo veinte años, y a veces quisiera no llegar a cumplir los veintiuno. Pero sé que los cumpliré, pues por encima de todo soy un superviviente...

Convento, 28 de Febrero de 1983

Las jornadas se suceden una tras otra con inalterable monotonía. Son reflejo de una forma de vivir que no siento, y que no sé si sentiré. Es un proceso extraño el estar recluido para posteriormente dejarte ante una relativa libertad: otros conventos, parroquias, misiones, apostolados, educación...

Los días son previsibles. Casi deseas con emoción la reprimenda de algún Padre, la discusión filosófica en clase del Padre Roberto, y que no conduce a ninguna aprte.

El tiempo transcurre plano, sin aristas, sin sinuosidades, sin forma ni contextura. Calco y calco de una situación transportada a cada minuto, a cada actividad, a cada pensamiento. Todo lo que expreso se resume en una palabra: aburrimiento.

Esta sensación es común a todos los novicios. Matices más

o menos particulares y apariencias de fuegos fatuos personales conducen a distintas expresiones de una realidad patente: Aburrimiento.

El ritmo de la senectud apaga la vitalidad de los jóvenes al serles impuesto algo que no les pertenece.

Con todo ello, mi mente no tiene más remedio que pensar, divagar, abstraer, meditar, reflexionar, evaluar, equiparar, complementar, relacionar, discernir, extrapolar...

Como consecuencia, también caigo en la cuenta de aspectos de mí mismo que no quiero reconocer, aceptar y asumir. Ante un mundo interior que por el momento había permanecido relativamente dormido, casi enterrado...

No quiero pensar, porque me enfrenta a mí mismo, y no me agrada lo que descubro...

Marzo de 1983
YO ENTIENDO

Convento, 2 de Marzo de 1983

Se ha organizado un buen jaleo con el P. Ramón y el P. Trigo. Se han peleado en el refectorio. Cuando digo pelear no me refiero a un intercambio de palabras más o menos fuertes y en tono airado. No, no ha sido así.

Cuando hemos entrado al comedor no dábamos crédito a nuestros ojos al verlos luchar en suelo como dos posesos. Rápidamente el Padre Maestro nos ha dispersado, sin hacernos, posteriormente, referencia alguna del suceso. ¿Las causas de tal disputa? Especulaciones... Sabemos que Fray Dimas, el hermano lego encargado de los lavaderos, siempre ha sido un pequeño campo de batalla de estos dos concupiscentes Padres. Se oyen miedosos rumores acerca de las virguerías que se supone que pueden hacer los tres con los cilicios y juguetes varios... En otras palabras: Sadomasoquismo conventual.

Evidentemente uno no para de cultivarse aquí. Me lo tomo a broma, pero en el fondo me siento profundamente confundido y apesadumbrado. ¿Realmente es tan diferente el mundo dentro o fuera del convento?

Convento, 5 de Marzo de 1983

El refectorio parece inmenso comparado con el escaso número de frailes que en el presente lo utilizamos para comer. Atrás quedaron las épocas gloriosas en las que podía albergar a más de ciento veinte personas. En la actualidad, entre Padres, Hermanos y Novicios no somos más de veinticinco bocas. Antiguamente, durante la primera mitad del año, los frailes acudían a comer una sola vez al día, mientras que en la otra mitad lo hacían dos. Si bien la comida no suele ser muy buena, en la actualidad gozamos del sustento tres veces al día durante todo el año, exceptuando los períodos de ayuno.

Aún hoy se disponen las mesas a lo largo, junto a los muros, presididas por el Prior en uno de los extremos. En ocasiones él come aparte con ciertos huéspedes o dos frailes elegidos por él. Nunca me ha elegido a mí, y supone un alivio, pues estar a su lado me pone nervioso.

Habitualmente, los yantares se realizan en silencio, atendiendo a las lecturas piadosas que solemos recitarnos en turno riguroso de servicios a la comunidad. Dicen que hace años, más bien siglos, teníamos pájaros para que aprovecharan las migajas que caían de las mesas. Las aves no existen ya. El simbolismo ha desaparecido y nada desperdiciamos. Podemos alimentarnos con albóndigas al mediodía, sobran y, por no tirarlas se hacen más para que sean suficientes para cenar y, como vuelven a sobrar se guardan para el desayuno de la jornada siguiente acompañadas de café con leche: Todo un desayuno continental y europeo.

Me cuesta trabajo el permanecer con la cabeza agachada, sin mirar a la izquierda o la derecha, observando un espacio vacío en la mesa hasta que aparece un plato servido por un hermano a quien no puedo ver el rostro; alimentarme en silencio, escuchando simplemente lecturas edificantes, el deglutir de los hermanos, el tintinear de las jarras contra los vasos al servir el agua, el chirriar de algunos cuchillos contra los platos... Nuestra Orden no tiene voto de silencio, ¿por qué entonces toda esta carencia de sonido humano?

Esta novedad es asunto del Prior. Me desconcierta continuamente, no me es posible confiar en él... ¡Dios mío, dame fuerzas para que en mí no se produzca la acepción de personas!

Convento, 6 de Marzo de 1983

No comprendo demasiado las innovadoras técnicas pedagógicas de los Padres. Supongo que todo ha sido a causa de alguna confesión que no ha sido de su agrado. Durante la tarde hemos sido llamados y concentrados en el aula sin saber, en principio, por qué y para qué.

Tras casi una hora ha entrado el Padre Maestro con unas revistas de dudosa moralidad y, ordenando poner en pie a Fray Fernando y Fray Mariano, los ha dejado en ridículo con fortísimas amonestaciones.

Han revisado todas nuestras celdas en busca de pruebas de tentaciones respecto a las debilidades de la carne. En las de Fernando y Mariano han encontrado revistas pornográficas.

Somos jóvenes, nuestros cuerpos se encuentran en plena efervescencia, aún no hemos tenido tiempo —ni fuerzas— para interiorizar lo que supone la castidad; no hemos hecho los votos... No es una justificación, es una realidad. Yo mismo lucho denodadamente por ser casto y, con frecuencia, las poluciones nocturnas me recuerdan que mis testículos generan sustancias que necesitan conocer el exterior de una forma u otra... Mis escasas masturbaciones están llenas de una dolorosa culpabilidad que imposibilita que, al menos, disfrute de mi "pecado".

Me parece un castigo excesivo poner en evidencia a estos dos connovicios delante de todos nosotros, marcándoles como depravados, viciosos, concupiscentes y ultrajadores del Templo de Dios que supone nuestro cuerpo.

La vergüenza ajena nos hacía sentir muy violentos. Personalmente, pienso que habría sido más beneficioso el que el Padre Maestro hubiera hablado tranquilamente —y en privado— con ellos, indagando sobre sus tentaciones y ofreciéndoles fuerzas y seguridad de que con el tiempo llegarían a dominar sus impulsos.

En el presente caso de reunirnos a todos, también considero útil que nos hubiera hablado de la castidad —o falta de ella— con respuestas y disposiciones prácticas a seguir.

Ha sido bastante traumatizante para todos. Ha generado en mi una gran desconfianza ante el momento en el que de nuevo necesite confesarme. Frente a este sacramento lo que espero es comprensión y orientación, y no que me echen una bronca...

A veces sigo pensando que la doble moral es producto de un refinado y largo proceso en el que se predica lo contrario de lo que se hace, en ocasiones con tanta vehemencia que, incluso, puede llegar a traslucirse algo de la propia represión y culpabilidad del sermoneador.

Convento, 9 de Marzo de 1983

No sé si acaso comienzo a odiarte. ¡Te pido ayuda! Es tal la sequedad en que me encuentro que me siento ridículo, como si hablara con una gran pared de color blanco inmaculado.

¿Quieres que muera? ¿Deseas que adelante mi muerte...? Es muy difícil, casi imposible vivir; tanto como lo es morir. ¡Ni ahora me siento libre para hacer de mi vida o de mi muerte lo que desee! Estoy confuso, y esta misma confusión es la que me destruye. Me siento inútil. No termino nada de lo que comienzo... No hago nada bien... No hay futuro, no tengo ningún futuro... ¿Qué más da un año más o menos de vida en este mundo? No me siento con fuerzas para sobrevivir en la selva de la vida; hay muchos depredadores y prevalece la ley del más fuerte.

No sé si me estaré volviendo loco, o si ya lo estoy... Me encuentro cansado... ¡Qué dolor tan hondo siento ante el sólo pensamiento de perder el cariño de quienes amo, de que me digan vete, me estorbas, me avergüenzas! Tanto padezco ante el deseo de amar y ser amado. ¡Sí!, ser amado..., que me siento morir.

¡Padrecito! ¿Por qué no secas mis lágrimas? ¿Por qué no acaricias mi rostro y mesas mis cabellos? ¿Por qué no tocas mis ojos ciegos para que puedan ver la luz? ¿Por qué no me ayudas a salir de este laberinto? ¿Por qué no me das valor para asumir mi vida?... Siempre y por toda la eternidad, ¿POR QUÉ?

Mil veces caigo e intento levantarme cada día, mil veces me derrumbo y me reconstruyo. Es agotador este proceso sin fin. Sólo unos segundos de descanso... sólo unos segundos..., unos momentos de no existir, de no vivir. ¡Qué horrible me parece tener un alma inmortal, el ser consciente de mi mismo por toda la eternidad! ¡Si al menos creyera que todo acaba con la muerte! Estoy atrapado en mis propias creencias. A pesar de ello, puede que pronto me acerque a Ti... Espero que en ese momento no me des la espalda y me tiendas la mano... Quizás pronto decida irme y así, tal vez, comprender...

Convento, 11 de Marzo de 1983

Algo tira de mi desde mi propio interior. Siento una gran opresión en el pecho, losas pesadas que me impiden respirar y aplastan mis costillas. Es a pesar de todo una callada angustia y agonía, pues de mi boca no salen lamentos; es mi alma la que gime.

Estoy frío, te hablo con endurecimiento y sin fe, sin calor, sin vida. Se que me autocastigo, pero ésta es la única posible certeza de independencia que me queda. Mi interior es como un terremoto, como una gran tormenta sin fin...

Convento, 14 de Marzo de 1983

Desde hace unos días el resentimiento —quizás el odio— ha hecho nido en mi corazón como un gigantesco pájaro negro de afiladas garras y amenazador pico que desgarra mis entrañas. ¡Orar... Orar... Orar...! ¡Esperar! ¡Creer! ¿Cómo describir la desilusión, la furia, el profundo resentimiento, la convicción de haber sido engañado? ¿Acaso la Palabra de Dios no asegura «Pedid y se os dará»? Años de súplicas no han dado otro fruto que un árbol envenenado desde sus raíces. ¿De qué me sirve creer en Dios si me encuentro tan mal o peor que si no le conociera? Eres sádico. Eres cruel. Me siento engañado por Ti. Me obligas a aceptar lo que más rechazo: mi sexualidad. Una cosa es cierta, contigo o sin Ti intentaré seguir luchando. Voy a endurecerme, porque estoy hasta los cojones de promesas vacías y lindas palabras al estilo de la peor novela rosa. No voy a permitir el que me humillen, el que me pisen, el que se burlen de mí. Estoy cansado de sentirme meado y cagado por todos.

Durante años te he rogado. Siempre he ido dando largas a mis esperanzas al ver que no me respondías pensando que «no era el tiempo en que actuara el Señor». No puedo seguir justificándote...

A veces, algunas «buenas gentes», me comentan con voz dulce y conciliadora que Tú tendrás tus razones; que si las cosas están así en mi vida, como un permanente desierto postnuclear, es por mi bien. ¿Qué ganancia me reporta este resentimiento que poseo? Las cosas empeoran cuando estás ilusionado como un gilipollas, cuando piensas que Tú puedes cambiar la vida y el futuro.

Si me condeno, lanzaré mi condena contra Tí; tu serás el culpable. Has puesto en mi camino piedras para que tropiece en la oscuridad, sabiendo como sabes, siendo Dios, como iba a responder yo.

Ya nada me importa... ¿Es eso lo que querías?...

Supongo que terminaré cayendo una vez más a tus pies, clamando sinceramente perdón y misericordia en un intento desesperado de que no mueras definitivamente en mí. Continuaré «haciendo tiempo» una vez más. Pero eso no será hoy, ni mañana.

No me proporciona consuelo alguno la historia de Job. Muy al contrario, me causa malestar y escalofríos. No la puedo aceptar. ¡Tú! ¡Todo un Dios, apostando con Satanás la vida de un hombre como si de una partida de dados se tratara! ¿Por una apuesta te dejaste tentar, Dios Todopoderoso? ¿Una cuestión de orgullo? Me parece un comportamiento muy humano... Al fin y al cabo, según dicen, estamos hechos a imagen y semejanza tuya. No me consuela el «premio» recibido después por Job: tu permitiste la muerte, la destrucción, la depresión, la enfermedad... ¡He matado a tus hijos, pero no te preocupes! ¡Era una broma, una apuesta...! No te enfades... ¡Eh!... Te daré más hijos y camellos...

No se si eres de verdad o puro sentimentalismo por mi parte. No puedo dar lo que no tengo. No pienso engañar a otros desgraciados con promesas y palabras que en mí mismo no se han cumplido. Veo al mundo y su sufrimiento, mi sufrimiento, pero soy incapaz de verte a Ti. No te percibo romántica e imaginariamente al lado del que padece.

Es querer creer por necesidad; el desear que existas para no sentirnos tan sólos. Somos como esas mariposas que se avalanzan a la luz de una vela situada en la cerrada oscuridad y que son destruidas por su propia atracción, por el deseo de Ver.

Convento, 14 de Marzo de 1983

Eres fragmentos de mi vida. ¿Recuerdas? Ahora me arrepiento de haber destruido algunos de mis antiguos diarios. Es mejor así. Acumulación en el pasado de más dolor y desesperación. Pensé que destrozando a tus predecesores, «aniquilando» el pasado, el futuro sería diferente: un cuaderno en blanco sobre el cual plasmar experiencias, deseos y esperanzas nuevos. No ha dado resultado.

He conservado algunos fragmentos dispersos. En folios escritos o en blanco, el pasado está en mi. No lo puedo destruir. Me acompaña. Lo recuerdo. Heridas, cicatrices, costras secas que ahora sangran de nuevo como en el momento en el que fueron infringidas.

Tengo miedo a ser feliz. Eso significa siempre, inevitablemente, incuestionablemente, indefectiblemente... llorar, sufrir por lo perdido. ¿Recuerdas? ¿Recuerdas cuántas veces he pensado dejar mi vida en el camino por no poder seguir caminando? ¿Recuerdas cómo me encontraba hace un par de años, cuando escribí estas líneas que ahora recupero?

«Está rodeado de gente, pero para él es como si no existiera. Robots, máquinas andantes sin sentimientos, preocupadas exclusivamente por sus propios y complicados engranajes. Se siente sólo, terriblemente sólo. ¡Soledad!, palabra tan estremecedora como la muerte...

»No consigue encontrar a nadie que le escuche, que le comprenda... ¿Dónde está la amistad? "No —piensa él—, no hay amistad, no hay amor bajo este sol y sobre esta tierra. No hay manos que sostengan cuando te sientes desfallecer, manos que enjuguen tus lágrimas, manos que sanen tus heridas; no hay bocas que esbocen sonrisas a los menos afortunados, no para compadecerlos o burlarse de ellos, sino para alentarlos"...

»Va caminando lentamente. No tiene rumbo. Con la cabeza gacha, mirando a los oscilantes cordones de sus zapatillas, con las manos en los bolsillos de los pantalones vaqueros, va alejándose de la ciudad. Una simple ciudad. Sólo una ciudad. Va pensando en lo que hasta el momento ha supuesto su vida, en todo aquello que se alejó de él, en todo aquello que vino sin ser llamado. Tras minutos... —¿O fueron horas? ¡No hay tiempo! ¡No hay nada!— llega al campo.

»Pasos indecisos de destino le conducen ante las vías del tren. Le resultan familiares. Como un gigantesco gusano emergido de las profundidades de la tierra, los raíles se muestran interminablemente largos. Parecen infinitos..., infinitos..., no tienen fin... Son eternos...

»Una risa, tan nerviosa como dolorosa, nace de su ser. En su mente se estructuran pensamientos que desembocan en esta tajante reflexión: "Esto es lo que necesito. Esto es lo que busco. Es mi única salida. Es mi liberación...".

»Se imagina al tren apareciendo deslumbrante por el horizonte. El sol se refleja por su superficie plateada. Por un momento se asemeja a una lombriz gigante con armadura destellante. ¡Es bello! Se acerca más.

»—"No tengas miedo —se anima—, será sólo cuestión de segundos. No notarás apenas nada...".

»En su imaginación se acerca. Su monótono rumor se va haciendo cada vez más intenso. Le está llamando..., menciona su nombre. ¡Le conoce! ¡Le quiere para sí! Ahora se encuentra a menos de cien metros de distancia... Más cerca..., más cerca..., más...

»Da un paso al frente. Ilusionado, se cree en medio de la vía. Sus ojos se encuentran desmesuradamente abiertos, anhelantes, albergando la estúpida esperanza de morir. Su rostro se distiende, se relaja... Desaparecen las tensiones. En escasos segundos ya no tendrá que preocuparse por nada, podrá al fin descansar y alcanzar la paz. El tren se abalanza sobre él. Ve el aterrorizado rostro del maquinista cuando intenta frenar. Él, en cambio, sonríe. Ya es tarde... Choca, y le despide a varios metros de distancia. Imagina sus huesos crujiendo al tiempo que la máquina resbala suavemente sobre su cuerpo como la dulce caricia de un ser amado; su carne despedazada, fragmentada... su cerebro reventado, esparcido, mezclado con su sangre y con la tierra a la que regresará de nuevo. Se ve a sí mismo como una masa informe, ensangrentada, desperdigada, difusa...; como una versión actual de un Osiris sin Isis que le recomponga y le de —gracias a Dios— una vida nueva... Todo ha terminado.

»Permaneció allí durante horas, como si el tiempo no pasara, como si realmente se encontrara muerto y esperara a que encontraran todos sus fragmentos. Volvió a la realidad. Sacudió la cabeza. No tenía el valor suficiente para dar el paso definitivo y adquirir el inconmensurable placer de abandonar este mundo.

»Inició su regreso. Era de noche. Lentamente, con la cabeza gacha, mirando los oscilantes cordones de sus zapatillas, con las manos en los bolsillos de los pantalones vaqueros va alejándose del campo en dirección a la ciudad.

»Hoy no poseía fuerzas para hacerlo. ¡Cómo ayer! ¡Cómo antes de ayer! ¡Mañana! ¡Quizás mañana! Eso se viene repitiendo desde hace mucho tiempo. ¡Quizás algún día tenga el valor para morir! ¡Quizás mañana!».

Hoy no me siento muy distinto de entonces. ¿Habrá por aquí cerca algún gusano plateado que me conozca por mi nombre? Si no es hoy, puede que me conozca mañana. ¡Eso es! ¡Quizás mañana!

Convento, 16 de Marzo de 1983

Soy una mierda. Llevo hábitos, me preparo para unos votos, pero estoy atrapado de nuevo en la carne..., mi carne..., otra carne... ¡Carne! ¡Quiero carne! No sé si deseo dejar de ansiarla. Una parte de mi me susurra que debo rechazarla; la otra grita: «¡No! ¡Quiero carne!».

Convento, 19 de Marzo de 1983

No me canso de deambular por el claustro. Es una de las dependencias del convento que más me agradan. Me produce un indefinido sentimiento de melancolía que roza, de nuevo, el misticismo.

El claustro —adosado a la Iglesia— tiene una forma prácticamente cuadrada, con galerías cubiertas a cada lado. Es una pena (hasta cierto punto) que estén acristaladas, pero considerando que circulamos por ellas muchas veces al día es de agradecer el sentido práctico: protegen del frío y del viento invernales, aunque sea en detrimento de la pureza de estilo y belleza de forma.

Es el punto neurálgico de la comunidad y se puede considerar como un elemento dinámico de intercomunicación con la mayoría de las dependencias del convento o como una dependencia estática en la que permanecer. Por el claustro transitamos durante la jornada para cumplir con los preceptos de la regla y las constituciones de la Orden, acudiendo a la Iglesia, refectorio, clausura u otras dependencias claustrales que se articulan en su entorno.

En teoría es lugar de reunión antes y después de algunas actividades; durante el tiempo libre paseamos y meditamos por él. Yo procuro hacerlo cuando no están los Padres, con cualquier libro en la mano que exteriormente inspire beatitud, mientras mi mente divaga en cielos más altos que me permitan escapar de mi infierno personal y me eleven, al menos, a un purgatorio llevadero.

Lo que me desagrada es la colección de cuadros que —pintados por algún fraile de principios de este siglo— cuelgan, como una inmensa ventana al terror, de las paredes. Inicialmente me sobrecogían; ahora intento ignorarlos como si de moscas pegajosas y pertinaces se tratara. Son variaciones sobre el mismo tema: mártires de la Orden en el momento culminante de su agonía, tortura, decapitación, ignición, degollamiento, empalamiento, etc. Sus chillones colores resaltan aún más las heridas, las muecas de dolor y sufrimiento de estos Hermanos que nos precedieron.

Es posible que el nefasto pintor intentara crear devoción, admiración, entrega a la causa. Yo, que ya vivo mi propio martirio, quizás no comparable al de ellos, me siento entristecido. Deseo esperanza, luz, sentido, respuestas.

Hay muchas formas de morir, incluso en algunas de ellas tu cuerpo sigue respirando y tu corazón, latiendo.

Convento, 20 de Marzo de 1983

Intento descubrir si los motivos esculpidos en los capiteles no sólo tienen la misión de enriquecer ornamentalmente el conjunto del claustro, sino si se eligieron temas historiados con la idea de relegar en ellos un cuidadoso e intencionado mensaje doctrinal. A duras penas puedo descubrir entre ese abigarrado conjunto de figuras alguna escena o personaje reconocible. En una ocasión intenté que varios Padres me explicaran algo, pero creo que su ignorancia no era mucho menor que la mía.

Se que los capiteles de las columnas y los relieves de los pilares desarrollaron en imágenes todo el saber enciclopédico del mundo de su época: escenas y figuras del Antiguo y Nuevo Testamento se alternan con los temas hagiográficos que debieron servir para la edificación moral de quienes los contemplaron, contemplan y contemplarán. También se que esos símbolos tenían un significado concreto al cual no tengo acceso, pues encierran un esoterismo que escapa a mi formación.

Quienes estaban en contacto con el convento, siglos atrás, pudieron sentir, ante la pletora de elementos simbólicos, las mismas sensaciones que experimenta una persona de nuestros días al penetrar en la casa de un vidente, curandero o bruja, repleta de connotaciones cabalísticas y de incomprensibles signos de unos saberes que se escapan a la comprensión del hombre sencillo.

Me fascina especialmente el tercer capitel empezando por la derecha de la galería del este, en el que dos hombres se abrazan desnudos con sus penes inhiestos mientras una serpiente enlaza sus pies. He descubierto que dependiendo de la inclinación de los rayos solares en horas determinadas, el efecto puede ser portentoso...

No puedo dejar de sentir cierta simpatía por esos amantes de piedra que, a través de los siglos, han permanecido enlazados hasta el día de hoy.

Convento, 21 de Marzo de 1983

Mañana regreso a Madrid para una última e imprevista revisión médica. Dos días, sólo dispongo de dos días. No se si tendré el valor suficiente como para aprovecharlos como deseo. Pretendo ir al cine. Hay una película en concreto que necesito ver, aunque no se con lo que me voy a encontrar.

Madrid, 22 de Marzo de 1983

He cumplido mi deseo. He visto la película que refleja mis sentimientos. Paz, satisfacción, esperanza... Estaba rodeado de gente que se escandalizaba: jubilados, jovencitos, parejas... Pero mis ojos y mis oídos únicamente podían prestar atención a la pantalla del cine. Yo entendía... ¡YO ENTENDÍA!... Entiendo, entiendo lo que él sentía porque también son mis propios sentimientos, frustraciones, anhelos, deseos confusos, miedos, amores y esperanzas...

¡ASUMIRTE! No se puede luchar, «eso» está ahí. Si estas son las cartas de la baraja que Dios me ha repartido para jugar en la partida de la vida, no he de hacer trampas, no he de desear cambiarlas o esconder ases en la manga. Tímidamente empiezo a creer que Dios no me va a condenar precisamente por eso. Debe existir realmente un equilibrio entre mi fe y mi sexualidad. Por absurdo y hereje que parezca, no debe ser necesario rechazar a Dios. No puedo seguir adelante en la situación actual en la que me encuentro. No sería un buen religioso. Sería una hipocresía. Continuaré con el Noviciado, pues es pronto para salir.

Amor. ¡Si encontrara un verdadero Amor! No es solamente mi impulso sexual, sino también mi afectividad los que me definen. El matrimonio supondría un grave error, tan grave como mi permanencia aquí. No sería justo ni para mí, ni para mi presunta esposa...

Tal como parecen ser las cosas ahí fuera no será fácil. Tengo miedo. ¿Qué será de mi dentro de unos años? No debo engañarme. Es hora de que deje de hacerme falsas ilusiones y que sea un hombre. ¡Sí, un hombre! Quiero una vida sencilla en compañía.

Pasado mañana viene el Padre Eusebio. Estoy más calmado. Es cuestión de buscar el momento adecuado para que me escuche en confesión. Así, en teoría, no podrá decir nada a nadie.

Madrid, 23 de Marzo de 1983

He decidido contarle toda la verdad a Eusebio, solicitar su ayuda. He dormido a trozos, lo que sugiere que mi subconsciente también debe de tener miedo. Probablemente esta sea la decisión más importante de mi vida.

No debo hacerme más ilusiones sobre la posibilidad de que Dios cambie las cosas. He comenzado a comprender que no está en sus planes. Tampoco puedo aferrarme a la posible «curación» mediante métodos médicos o psicológicos. No soy un enfermo.

Ya no quiero dejar de ser como soy. No quiero cambiar.

Convento, 24 de Marzo de 1983

Decepción de decepciones, todo es decepción. Tras desplazarme para verle, DESPUÉS DE QUEDAR CON ÉL Y SIN PREVIO AVISO, se ha marchado a pasar el día en el campo. ¡Se olvidó de mí! ¿Cómo confiar en alguien que me abandona así? Una vez más, cuando intento sincerarme con alguien, dar el paso, se me da con la puerta en las narices.

Aún siguen resonando en mi cabeza algunas de las frases de

la película que vi: «Nada se gana siguiendo las normas», «la vida es demasiado corta para jugar con ella», «ser sincero consigo mismo», «soy feliz»... Se que no será fácil.

Convento, 26 de Marzo de 1983

Mañana marchamos a Valladolid, al Seminario Menor de la Orden. Desde allí nos dirigiremos a Taizé, donde se encuentra la comunidad ecuménica de la que tanto hemos oído hablar. Será un duro viaje hasta Francia.

Me parece peligroso llevar el diario. Iré escribiendo las incidencias en hojas sueltas que más tarde transcribiré. Pretendo llevarlas siempre encima, para evitar el riesgo de curiosidades indiscretas que me puedan delatar. Preveo situaciones demasiado dolorosas, demasiado fuertes, demasiado tristes... Esta Semana Santa que se avecina puede que traiga, después de todo, algo de paz que aclare mis pensamientos.

Taizé (Francia), 29 de Marzo de 1983

¡Cuánto bueno pude haber absorbido hasta el momento! ¡Cuánto malo he sentido! Por el momento, exclusivamente los aspectos negativos han cuajado en mí. Llevaba con esperanza lo poco que me quedaba para que creciera, pero lo voy marchitando.

Todo empezó a ir mal al sentirme perturbado en mi interior por dos de los alumnos del Seminario que pronto accederán al Noviciado: Paco y Manolo. La atracción era tan fuerte que simplemente su presencia me causaba indecorosas erecciones.

El viaje en autocar fue extremadamente cansado, pero nada comparado con la posterior etapa que nos esperaba. Daniel, Juan y yo charlamos largamente sobre lo que cada uno esperaba encontrar en esta especie de peregrinación ecuménica.

Novicios y futuros Postulantes pasamos la noche en un extenso dormitorio corrido en el que no disponíamos de intimidad alguna, y en el que por lo tanto, mis ojos se sentían violentos ante la naturalidad de unos cuerpos desnudos o semidesnudos a menos de un metro de mi. ¡Qué vergüenza! Paco y Manolo durmieron en camas adyacentes a la mía, lo cual agravó la situación. Razonando que para ellos era algo normal, intenté que lo aparentara también para mí. A pesar de ello, no sabía muy bien que hacer y a donde mirar, temiendo constantemente que se leyera en mi comportamiento las palabras que me definen.

Entre Novicios y Postulantes ocupábamos veinte de las treinta camas del extenso dormitorio. En la oscuridad de la noche se escuchaba el rechinar monótono e inconfundible de numerosos somieres que, abruptamente, finalizaban con una especie de gemido semicontrolado que traspasaba mis ingles de una forma tan dolorosa como no había conocido hasta el momento. Apenas dormí. En la oscuridad simulaba acariciar cabellos ajenos, pieles distintas a la mía...

A la mañana siguiente, las duchas comunitarias supusieron para mí otro tormento aún más doloroso. Procuraba dirigir mi examen a los desconchados azulejos amarillos que tenía frente a mí, intentando disimular las miradas de reojo que, sin poder controlar, orientaba hacia los cuerpos desnudos de mis compañeros de higiene.

Curiosidades satisfechas acerca de peculiaridades íntimas de mis connovicios y demás compañeros de viaje...

Risas, juegos, roces, sensualidad que me atormentaba cada vez más. No podía dejar de desear ser jabón, ser espuma para explorar sus más recónditos pliegues, para resbalar suavemente por sus cuerpos, para introducirme hasta el más íntimo poro... El pánico a una erección espontánea e incontrolada me suponía un suplicio, pero supongo que me encontraba demasiado nervioso como para que realmente pudiera aparecer. Aunque hubiera deseado masturbarme deliberadamente, mi cuerpo no lo hubiera consentido... Mientras que algunos de mis objetos de secreto deseo mostraban generosas elevaciones de manera desinhibida, yo parecía carecer de genitales.

El ver el cuerpo de Juan al desnudo me impactó de una forma que ni yo mismo esperaba, pues borbotones de deseo clamaron por salir desde mi estómago anudado. Hasta el momento había logrado deserotizar mi relación con él de una forma casi inconsciente..., mas en ese momento me di cuenta de su verdadero esplendor. Ya no era un connovicio ante mis ojos, era un hombre, y un hombre arrolladoramente atractivo.

Todo finalizó abruptamente al llegar uno de los Padres del Seminario. Mi cuerpo tembló al comprobar que su observación de nuestros cuerpos no era tan discreta como la mía y que en su boca aparecía un rictus dudoso... Con su mirada nos tocaba, y mi desnudez me pareció aún más intensa.

Tras unos minutos mi corazón recuperó un ritmo lo más cercano a lo normal. Sin embargo, en mi mente se grabaron a fuego las imágenes que tanto había deseado en sueños y que al tener al alcance de mi mano tanto me habían perturbado.

Reanudado el viaje, comimos en una de nuestras casas en Montpellier —ya en Francia—, llegando a última hora de la tarde a Taizé. Inicialmente nos impresionaron negativamente las carpas, barracones de madera y tiendas de campaña. Daban cabida a unas seis mil personas de distintas confesiones religiosas y nacionalidades que ansiaban profundizar en el ecumenismo, la unidad y la reconciliación.

¿Qué es lo que me espera? Apenas hemos llegado y ya deseo regresar a la seguridad de las celdas individuales del convento. ¡Quién me lo iba a decir!

Abril de 1983
BAJO EL INFLUJO DE DANTE

Taizé, 1 de Abril (Viernes Santo) de 1983

Hemos permanecido toda la tarde en silencio. Es el día de la muerte del Cristo. Se ha de meditar, en teoría, sobre ello. Soy yo el que se siente muerto, como si me encontrara bajo el influjo de Dante y sus horrendas visiones. Ha sido pues, lo que necesitaba, ya que mi alma ha sangrado de tal forma de dolor e impotencia que me hubiera resultado imposible hablar. Mis ojeras parecen solidarizarse con la muerte del Nazareno, y por lo tanto no llama demasiado la atención el que mi rostro se encuentre abotargado y cargado de sufrimiento. No lloro por Él, lo hago por mí... Dejé en libertad mi morbo, mis instintos, mis tendencias más ocultas a pesar del compromiso en el que estoy embarcado aunque solo sea de palabra. Lo hice una y otra vez, reiteradamente. No me ha disuadido una fecha tan sacra como la de hoy, tampoco a otros...

Esos sucios y destartalados aseos me atraían como un imán.

Dudaba, me alejaba, me acercaba de nuevo observando a la gente que entraba y salía. Algunos se demoraban demasiado tiempo... La certeza, la pura certeza de lo que podía estar sucediendo fue superior a mis fuerzas. Entré. El olor, el propio del lugar...

La puerta de uno de los retretes se encontraba abierta. Me aproximé y, al verlo libre, sin pensarlo entré y cerré la puerta. Las pintadas hacían referencia a cualquier tema menos al religioso. Cantidades innumerables de dibujos obscenos y palabras lascivas en multitud de idiomas me dejaban anonadado como si estuviera contemplando la Capilla Sixtina... Varios agujeros estratégicamente elaborados en las paredes de madera llamaron mi atención al no ser simples orificios, sino del tamaño de un puño. A través de ellos aparecían «sorpresas», miradas, complicidades que desataban mis entrañas pero ante las cuales era incapaz de entregarme. Sólo podía mirar, convirtiendo en algo triste, bajo y proscrito lo que había estado sintiendo. No podía marcharme, no podía actuar. ¡Lo tenía tan cerca y tan lejos a la vez! Proposiciones, muchas proposiciones. Promesas, muchas promesas. No importaba en que lengua me las hicieran, yo las entendía: gestos, autocaricias, masturbaciones solitarias que pretendían incitarme a convertirlas en mutuas o compartidas... Vi que no era ni mucho menos el único de mi condición, pero sí quizás el más reprimido.

Pollas grandes, pequeñas, circuncidadas o sin circuncidar, finas, gruesas, sonrosadas u oscuras, rudas o elegantes, aparecieron ante mi como todo un catálogo de posibles combinaciones, de realizables promesas de placer.

Minutos, casi horas de observación dolorosa y compulsiva; de aseo en aseo, de zona en zona a lo largo del campamento, coincidiendo en más de una ocasión con algún miembro ya conocido y persistente... Era incapaz de controlarme.

Pero Dante me tenía reservada una gran sorpresa como culminación de tanta alucinación. La vergüenza, confusión, incredulidad, sensación de irrealidad, casi la parálisis mental y física me arrollaron fulminantemente al oír el tintineo inconfundible y familiar de un largo rosario que se acercaba, penetraba en el retrete de al lado cerrando la puerta y momentáneamente se paraba. Contuve la respiración y salí corriendo. Sin embargo, fui como la mujer de Lot y, no pude evitar mirar atrás aún a riesgo de convertirme en una estatua de sal... De piedra me quedé cuando una mano que portaba el familiar anillo que había besado tantas veces, aparecía, como la cabeza de una serpiente, a través del orificio, tentando, intentando palpar algo que yo sabía lo que era...

Al no obtener respuesta alguna, el Prior la sustituyó por una estaca vieja, reseca, babeante, surcada por arterias y venas palpitantes.

Yo creí morir. ¡Quería morir! Seis, siete segundos a lo sumo bastaron para que el quebradizo contacto que aún conservaba con el mundo real, se rompiera, se disolviera. Aturdido, incapaz de coordinar pensamiento alguno durante minutos, se asomó ante mí, poco a poco, el concepto de la doble moral, doble vida, hipocresía... Una pregunta hirió mi mente causándome un helado estremecimiento: ¿ESE SERÍA YO, PASADOS VEINTE O TREINTA AÑOS?

El Prior no me vio. Estoy convencido de ello. He confirmado una verdad punzante que me quita la esperanza en mi mismo, y que ante mi propio escándalo personal, viene a sumarse de forma abrumadora. Si ellos no han logrado controlar sus impulsos a lo largo de tantos años, ¿podré yo hacerlo? No he querido reconocer del todo las pequeñas o grandes pistas acerca de lo que sucede en la «trastienda» de la comunidad.

Sabiendo lo que se, me sentiré aún más violento y trastornado cada vez que le vea. Representa un posible futuro...

Siento como si mi mente fuera un cristal roto cuyos fragmentos aristados se clavaran en lo que resta de mi consciencia.

No se siquiera como he sido capaz de escribir todo esto. Supongo que he tocado fondo, y que no puedo callar por más tiempo...

Taizé, 2 de Abril (Sábado Santo) de 1983

A pesar de la traumática experiencia de ayer, no he conseguido enmendarme. Al contrario, he continuado cayendo y cayendo, visitando todos y cada uno de los servicios; comprobando las docenas de orificios, reprimiendo cientos de estímulos ante los cuales sólo he podido avistar dolorosamente.

Debo arrepentirme, debo olvidar. He de desechar como sea el inmenso complejo de culpabilidad que me embarga. He de intentar una vez más luchar con renovadas fuerzas, aunque sepa que la batalla está perdida...

Taizé, 3 de Abril de 1983

Paco, uno de los perturbadores de mis emociones más íntimas, se ha abierto a mí de una forma inesperada. En sueños, ha sido el responsable de una generosa polución nocturna tras tanta erección continua y sin satisfacción. Evidentemente no he podido limpiarme, pues habría llamado la atención.

Por la noche, en la tienda de campaña, enfundados en nuestros sacos de dormir, percibo sus formas y las de Juan.

Apretados como piojos en costura, en esos momentos deseo que no exista barrera alguna, tanto textil, como moral.

Como decía, Paco me contó que antes del viaje el Padre Gabriel —su celador de noche— había vuelto una vez más a su cama, única ocupada en su pabellón en esas fechas... Pareciera más práctico reunir a todos los estudiantes que no se hubieran marchado con sus familias en el mismo dormitorio, pero teniendo en cuenta los motivos ocultos, se comprende...

Me relató con esos quince años aún recientes en mis propios recuerdos como, periódicamente, y siempre que las circunstancias lo permitían, se acercaba sigilosamente a su cama, levantaba las sábanas y, diciéndole que guardara silencio, que le quería mucho, que se dejara hacer, que era un secreto, que era su favorito... exploraba su cuerpo con avidez no exenta en ocasiones de cierta rudeza. En alguna ocasión le obligaba a hacer lo mismo, mas el miedo le paralizaba de tal forma que era incapaz de hacer otra cosa que cerrar fuertemente los ojos y los puños. Me confesó entre lágrimas que en una ocasión manó sangre de entre sus glúteos, durante un par de días.

Debe ser duro para un chaval verse sometido a tales experiencias, y más por parte de un clérigo que luego le pedirá en confesión que le relate cuidadosamente todos sus pecados de la carne.

El miedo es aliado del silencio. Desea marcharse, dice que no puede soportarlo más. No he sabido qué responderle porque yo siento la misma necesidad de escapar de mi propio cautiverio.

Mas tarde

Paco, después de cenar, me ha referido una de las actividades favoritas para incluir a un nuevo miembro en las pandillas —que suelen constar de siete a diez estudiantes—, y que a la vez sirve como castigo cuando se rompe alguna de las normas internas, se da un chivatazo, o se duda de la fidelidad de algún elemento del clan.

Ante mi escándalo y repugnancia me describió que tal prueba consistía en recoger las eyaculaciones de los miembros pertenecientes a la pandilla —y nunca mejor dicho—, en afable masturbación grupal. Un recipiente de cristal que originariamente contenía yogurt se daba a los individuos cuestionados hasta relamer la última gota. De no consentir, se pasaría al obstracismo, paliza y vida imposible correspondiente durante tiempo indefinido.

Parece una situación límite imposible de romper en un ambiente en el que se está obligado a permanecer durante años y sin posible escape.

Estas nuevas confesiones me confunden aún más; inducen a preguntas desesperadas sobre donde se encuentra la verdad y la mentira. La imagen hermosa y respetable que vemos de instituciones y personas no son más que sepulcros blanqueados que por dentro solo contienen podredumbre y corrupción. Mis puntos de referencia cada vez se tambalean más y las verdades y los tópicos que me parecían absolutos, aparecen cada vez más relativos.

Taizé, 4 de Abril de 1983

Nada de oración: vacío, sequedad, tristeza y tormento. Siento que todo me ha sido arrebatado, hasta mi dignidad... Complejos, hundimiento, frustración, envidia... ¿Por qué ellos si y yo no? ¿Por qué para ellos es aparentemente más fácil romper las normas, y para mí no lo es?

Valladolid, 6 de Abril de 1983

De regreso, de nuevo hemos hecho noche en el Colegio. Un nuevo dormitorio corrido, nuevas miradas distraídas, nuevos somieres chirriando, nuevos gemidos, nuevos silencios. A las tres de la madrugada me desperté, y sentí que el oscuro y larguísimo dormitorio corrido se me venía encima. Sentí miedo, un miedo irracional que casi me hizo llorar y gritar.

Como un vidente, pude percibir las lágrimas, frustraciones, sentimientos de impotencia, miedos y odios acumulados entre aquellas paredes del internado. Me vi oprimido y asfixiado; como un niño pequeño, solo, perdido... La oscuridad física, material, incrementaba mi oscuridad espiritual y mental. ¡Qué profunda angustia! ¡Qué infierno me pareció el estar allí encerrado día tras día, noche tras noche, con el temor de que algún Padre se acercara desde las penumbras con intenciones más amplias que las de arroparme!

De nuevo veo al mundo sin esperanza, abatido, hundido, asqueroso y repugnante; porque así es como me siento yo. Sólo percibo odio, desprecio, hipocresía, guerras, enfermedad, hambre, resentimiento, pobreza, dolor, engaño, incomprensión, soledad, desesperación, muerte, locura, ausencia de Dios...

Convento, 10 de Abril de 1983

En ocasiones, los familiares, amigos o conocidos me inquieren con curiosidad el por qué tomé los hábitos. ¿Qué responder?
Debiera confesarme. Necesito confesarme. Sería bastante melodramático hacerlo con el Padre Prior y, hasta cierto punto hilarante:
—Padre, confieso que he pecado, pues le he visto la polla por un agujerito...
No puedo ni imaginarlo... Revelando mis tentaciones dejaría al descubierto las suyas. ¿Qué pasaría? Posiblemente ocuparía un lugar similar al de Dimas.

Convento, 14 de Abril de 1983

Una parte de mi lo sospechaba. Cuando lo intuí por primera vez lo alejé inmediatamente de mi pensamiento —como tantas otras cosas— llegando a olvidar con ello la sangre de los azulejos del baño. En la segunda ocasión, pocos días después, pensé que eran las mismas manchas que, descuidadamente, habían escapado a la limpieza del Hermano que estuviera encargado de este servicio conventual durante la semana en curso. También arrinconé este incidente al ir usando otros escusados, otras duchas. Quedo postergado como un periódico viejo con titulares atrasados.

Esta noche, al ir a orinar, me he visto sorprendido por unos gemidos y jadeos que provenían de aquella ducha. Al principio pensé que eran orgasmos mal disimulados de una satisfacción solitaria, sin embargo, se prorrogaron lo suficiente como para pensar que no existía hombre que consiguiera voluptuosidad tan prolongada por unos medios tan conocidos y tan a mano de todos. Estaba en lo cierto.

Con la disculpa de indagar si mi anónimo y desconocido connovicio se encontraba bien, abrí la puerta, aún a riesgo de encontrarme con cualquier situación que nos escandalizara a ambos, pero que al menos diera contentamiento a mi curiosidad y a mis ojos.

Ante mí apareció Fray Martín completamente desnudo. No obtuve el esperado deleite de contemplar su cuerpo, sino más bien repulsión y espanto: llevaba puesto un cilicio, una faja de finas cadenas de hierro con puntas ceñida a su estómago y espalda. Pequeñas heridas, cardenales, raspones, sangre seca, sangre fresca se apreciaban a su través. En su mano derecha portaba un flagelo en alto, suspendido en el aire ante la sorpresa de verme. Las sencillas cadenas de hierro terminadas en abrojos metálicos que habían herido sus hombros y piernas, oscilaban como el péndulo de un macabro reloj de pared. Los azulejos se encontraban salpicados, y pequeñas gotas de sangre se deslizaban por su cuerpo hasta el suelo.

No entendí nada. Creí estar soñando. No pude reaccionar durante algunos segundos que me parecieron eternos, pues en mi imaginación veía ese flagelo aún en alto descender sobre mí. Nerviosa pero cautamente me aproximé, preguntándole con voz baja y firme:

—¿Por qué?

—Soy un pecador —contestó él—.

No se me ocurrió decirle otra cosa que sí, que lo era y grandemente, pues siendo el cuerpo del hombre templo de Dios, él lo estaba destruyendo...

A mi mente acudieron sus discretos ayunos, sus ojeras pertinaces, su palidez creciente, la pérdida de peso que quedaba disimulada por las holguras de los hábitos. ¡Me rebelé! Le empujé al suelo y le arranqué el flagelo de las manos. En el nombre de la Virgem le rogué que se quitara el cilicio, a lo cual, sorprendentemente, accedió. Su mirada era turbia y dolorosa, con ecos de profundidades y abismos del alma ni siquiera conocidos por mí.

Le aseguré que tenía un problema, preguntándole si el Padre Maestro estaba al corriente de todas estas mortificaciones. Me contestó negativamente con la cabeza. Le cubrí con una toalla y le llevé ante la celda del Padre Maestro.

Llamé. Esperé. Volví a llamar. La puerta se abrió y apareció su rostro adormilado que, bruscamente, se despejó al contemplar la triste figura de Martín.

—Perdone que le despierte a estas horas, pero creo que usted y Martín deben conversar un buen rato después de que le atiendan en la enfermería.

Él asintió. En sus ojos pude ver como las lágrimas pugnaban por salir a pesar de ser férreamente controladas por su uraño carácter. Le dirigió cariñosamente en dirección a la enfermería.

Nunca había visto hasta el momento tanta ternura y compasión en él. En su celda dejé el cilicio y el flagelo envueltos en una toalla. Regresé al baño, limpié cuidadosamente toda señal de lo que esas paredes habían contemplado. Me fui a mi celda, y aquí, sí, por fin, silenciosamente, lloré larga y amargamente hasta quedarme dormido.

Convento, 15 de Abril de 1983

Espero que de algo sirva mi intromisión en las penitencias personales de Martín. Por el momento me huye, desvía su mirada de mí. Lo entiendo. Se una parte de él que nadie sabe, y que forma parte de su debilidad.

El Padre Maestro me llamó a su despacho y me dio las gracias por la prudencia y discreción con las que he llevado este desafortunado asunto. Fueron parcas, pero considero que sinceras.

Un cuerpo de dieciséis años no se encuentra preparado ni física ni psicológicamente para tan extrema penitencia. Raya lo patológico. Cada vez me siento más impresionado, y no puedo apartarlo de mi mente.

Convento, 17 de Abril de 1983

He escrito al Padre Carlos Eugenio, un sacerdote que conocí hace años y con el cual había perdido el contacto hasta hace poco. Le he contado todo lo que he sido capaz de contarle. ¿Me contestará?

Madrid, 20 de Abril de 1983

Hoy se ha casado mi prima Elvira, y me han concedido una dispensa para poder asistir a la boda. Toda la familia de mi padre se ha reunido. Bautizos, bodas, comuniones y funerales son los únicos motivos por los que se suelen reunir, lo que no significa que en algunos casos se dirijan la palabra.

Una parte de mí se siente entristecida porque una vez más ha sido esta reunión familiar una especie de mascarada, una farsa, una hipocresía, un aparentar... No puedo evitarlo, siento un gran rechazo hacia algunos de los componentes de esta rama familiar, sobre todo hacia mis primos Manuel y Roberto. Este último milita en la Falange, y sus formas, actitudes, ideales y «derroche de virilidad» chocan frontalmente con los de mi forma de ser.

Me entristece ver tantas vidas sin rumbo: alcoholismo, drogas, adulterios, ludopatías, vejez, enfermedad... Todo un corolario, todo un catálogo de situaciones que muestran con dureza la realidad de la vida. La verdad es que ante todo esto la idea de un Dios me parece una estupidez.

A una parte de mí le gustaría hacer lo mismo que mis primos y primas: ir a discotecas, coquetear, vestir bien, ligar, beber, besar, llevar una vida loca conforme a mi edad... En ciertos momentos, a pesar de su frivolidad —o precisamente por ella— siento envidia. Ellos viven como lo que son, jóvenes. Yo nunca lo he hecho, siempre he vivido más allá de mis días. Me siento embotado, incapaz de discernir lo que deseo.

Convento, 24 de Abril de 1983

Si mi sentir, si mis problemas, dudas y contradicciones se pudieran unir y colocar juntos en una balanza, pesarían más que toda la arena de las playas y costas de la tierra.

De nuevo me siento aseteado por flechas envenenadas que me traspasan, y mi espíritu bebe y absorbe su ponzoña. Lo que aún tocar me repugna, ahora es mi comida de enfermo, de ello en cierto modo me alimento...

Ojalá se cumpliera mi esperanza, que se me concediera lo que pido, que Dios me hiciera manso, paciente; que aplastara en mí la predisposición al pecado, que segara en mí lo que rechazo como si de malas hierbas se tratara. Yo no soy de piedra... No es una justificación, sino más bien, una lamentación.

Todos vamos por aguas turbias, por caminos pedregosos, por parajes fríos. Nuestra identidad se disuelve en ellos, y en los momentos más difíciles, incluso se evapora. Por ello, unos a otros nos apartamos de la ruta, nos perdemos, vagamos por el desierto de la desolación. Por la indiferencia que nos tenemos unos a otros nos sentimos vencidos, engañados, confundidos y nos rendimos...

Soy incapaz de asimilar todo lo acontecido durante este mes.

Convento, 25 de Abril de 1983

Hay sequedad, resentimiento, recelo, daño, dolor... El vaso se ha desbordado por miles de gotas que quieren escapar del recipiente al rojo vivo en que se encuentran a fin de evitar el ser convertidas en simple vapor.

Juan está mal, ya no puede más. Yo estoy mal, ya no puedo más ¿Cómo marcharme ahora dejándole solo, cuando poco a poco nos hemos ido convirtiendo en nuestro único apoyo?

Esta mañana, en la clase del Padre Maestro, la situación ha sido insostenible cuando ha hablado de su predecesor, Julián... ¡Echar la culpa de situaciones ajenas a un muerto, destruir su memoria...! ¿En esta Santa Casa no se ha de respetar ni la dignidad ni el honor de un compañero muerto? Es más de lo que puedo soportar. Estuve a punto de levantarme y marcharme de allí, protestar. Me arrepiento de no haberlo hecho, pero la obediencia, el respeto y la cobardía me lo impidieron.

Es a causa de Julián por lo que muchos de nosotros hemos llegado hasta aquí. El era ese modelo de sacerdote que todos deseábamos ser.

Convento, 27 de Abril de 1983

Desesperación profunda y esperanza, tristeza y serenidad, confusión y lucidez. Es una amalgama de acontecimientos emocionales tan densa, que parece improbable. He podido destruirlo todo...

Vino Don Leo al convento después de terminar sus oficios en la parroquia. Quedé con el sobre las cinco... No apareció. A las siete y media Juan me comentó que le había acaparado hasta entonces, y que ya se había marchado. ¡La ira, como un camión de gran tonelaje carente de frenos, tomó velocidad desde la pendiente sinuosa de mi dolor, precipitándome cada vez más cerca del barranco...!

Me sentí abandonado, aniquilado... Me derrumbé. Perdí los papeles, perdí el control de mí mismo, me perdí a mí... Por desquite, por despecho, por resentimiento, por desesperación me emborraché con el dulce contenido de las botellas que hay a nuestra disposición en la sala de la comunidad. Mientras los demás acudían a los rezos, yo ahogaba mi entendimiento bebiendo de todas y cada una de las botellas largos y pausados tragos. Bebí como nunca lo había hecho hasta entonces. Cada sorbo quemaba mi pecho, perforaba mi estómago, me distanciaba de la realidad insoportable... Como un eco lejano escuchaba los cantos de mis hermanos alabando a Dios, ensalzando su misericordia, causando en mí una melancolía profunda.

Me erguí del sillón en el que me encontraba y el mundo pareció moverse de forma irracional. Tras ir sujetándome —más bien tropezándome— con las paredes, penetré en mi celda. Además de mi mente, ya no podía controlar mi cuerpo. Los objetos se escapaban de mis manos, se deslizaban como si contasen con tentáculos invisibles que les permitieran escapar de mí. Mi universo se terminó de romper del todo, mi estado emocional se despeñó en el más profundo de los pozos... Una vez más lloré de rabia y desesperación por todo, por mis contradicciones, por mis dudas sin resolver, por mi sexualidad reprimida, por mi ausencia de libertad, por la soledad, por la muerte, por el miedo a la vida, por los engaños y mentiras propios y ajenos, por mi condenación, por mi salvación lloré...

Me daba cabezazos contra las paredes, deseando por un lado castigarme, y por otro sacar a golpes mis malos pensamientos. No era capaz de gritar. ¡Si al menos hubiera sido capaz de gritar! ¡Si al menos el alma se me hubiera podido escapar por la boca hasta llegar en forma de gemido a los pies de Dios!... Pero tan inefable hecho no aconteció. A cada testarazo que daba desde mi cama contra la pared, unas pequeñas manchas rojas la decoraban; y yo, fascinado por esa macabra creación artística, deseaba ver más color. ¡Quería morir! ¡Terminar! ¡Descansar! ¡Acabar con una vida llena de luchas y desasosiegos de los cuales no sabía como escapar! Como si de una esteotipia se tratara, me entregué a esa sucesión de movimientos repetitivos destinados a volcar mi ira contra mi mismo. Como un autista permanecí aislado del mundo exterior durante un tiempo que no se determinar, ajeno a todo aquello que no fuera mi propio yo, mis propios pánicos desatados, mis propios castigos.

Juan entró en mi celda al escuchar los ruidos constantes y monótonos que perturbaban —cada vez con más intensidad— la paz de su celda. Me sujetó como pudo.

A raíz de ese inesperado contacto con el exterior, de ese roce con el mundo en forma de Juan, mis barreras internas cedieron... Le miré largamente, intentando deducir si era él en verdad, o si simplemente formaba parte de mi delirio. Cogí su mano. Era real. Era cálida, era fuerte, era suya... La coloqué en mi torso. El corazón parecía que se me iba a romper a causa de la taquicardia. No aparté mis ojos de los suyos... Mostré mi más profunda debilidad ante el único con quien podía. ¡Necesitaba ayuda!

Se alejó aturdido, y en cierto modo escandalizado, sintiéndome rechazado en mi última esperanza. Cuando cerró cuidadosamente la puerta, me incorporé furioso, tropezando, dando golpes, y en un acto más de sublime irracionalidad cogí el abrecartas con la sana intención de hundirlo en mi pecho y no percibir ese corazón que me hacía..., con sus impetuosos y desaforados latidos, sentirme dolorosamente vivo. ¡Un momento de lucidez..., un momento de duda...!

Volví a la cama. Tiempo después Juan apareció de nuevo. Seguía llorando, y él me abrazó, me cobijó... Me aferré a él como si fuera a asirme por última vez a la vida. Lloré y gemí desgarradamente. Odio y amor. Atracción y rechazo. Tenía resentimiento hacia él por haberme privado de la ocasión de hablar con el Padre Leo, por haberme arrebatado la que consideraba mi postrera oportunidad. Le pedí reiteradamente, entrecortadamente, desesperadamente perdón por la maldad que albergaba hacia él dentro de mí.

Se fue una vez más. La habitación giraba, mi vida giraba, mi alma giraba, y los vómitos me sacudieron en varias ocasiones. Pensé que parte de mi cerebro escapaba por mi boca y nariz junto con la bilis. El olor agrio que salía de mis entrañas impregnó la celda. El desagüe del lavabo apenas podía arrastrar mis flemas.

Juan surgió de nuevo, y me entregó el Cuerpo de Cristo que él no había ingerido en la Eucaristía. Entre la somnolencia y el repudio comulgué y me quedé dormido.

Al abrir los ojos más tarde —ojos rojos, ojos tristes, ojos

hinchados—, vi la celda recogida y limpia. La sangre de la pared había desaparecido siendo sustituída por una mancha húmeda incolora. La ventana abierta dejaba renovar el aire. Mis cabellos se encontraban limpios y peinados.

Un ángel ha debido de velar por mí. Una borrachera aquí sería un motivo de exacerbado escándalo, pero si trascendiera ese momento ambiguo entre Juan y yo...

Decidí hacer frente a los hechos, hablar con él a la mañana siguiente, agradecerle lo que había hecho por mí, engañarle piadosamente acerca de lo que había sucedido. No deseo perder su amistad. Le hice partícipe de los abismos de mi corazón que podía compartir, así como mi decisión de marcharme del convento en un plazo medio. Evidentemente, no se sorprendió. Me contó que había dicho al Padre Maestro que me encontraba indispuesto y que no bajaría a cenar. Debió de resultar muy convincente y espontáneo, pues no llegó a investigar más sobre el asunto.

Juan, a pesar de todo me arrepiento de no haber aprovechado la ocasión, entre mi locura y abandono, para intentar besar tus labios y decir después que todo era por culpa del alcohol...

Mayo de 1983

SÍ, SOY HOMOSEXUAL

Convento, 2 de Mayo de 1983

Hoy me rebelé contra el Padre Ramón. Después de la Misa me entretuve unos momentos con una catequista para ajustar los horarios del sábado. El Padre se acercó muy irritado, con ojos gélidos, como de cristal, y me espetó:
—¿No sabes que no se puede hablar en la Iglesia?
Yo intenté explicarle el motivo por el cual nos retrasábamos más de lo necesario en desalojar la capilla, pero el me gritó de nuevo:
—¿No sabes que no se puede hablar en la Iglesia?
A lo cual respondí, y juro que me salió del alma:
—Si usted lo considera así, Padre, como corrección fraterna lo acepto y lo reconozco: Estoy hablando en la Iglesia. Tal es el reconocimiento de su buena fe, que he de corresponderle del mismo modo y, en aras de la misma corrección fraterna, reprenderle humildemente por que Padre, usted está gritando en la Iglesia...
No se como fui capaz de tal osadía, pues ciertamente no fue el mío un acto de obediencia ni humildad. No pensé en lo que estaba haciendo. Se quedó perplejo, y con la mandíbula y puños apretados salió apresuradamente por la sacristía. Tras despedirme de mi compañera —que por cierto me lanzó un guiño de complicidad— me alejé lentamente... Las piernas me temblaban, mi corazón latía como si fuera a salirse de mi pecho, mis manos sudaban y me notaba el rostro enrojecido.
Me había enfrentado a él, me había encarado a la prepotencia y al abuso de poder. Me había opuesto a la hipocresía y al retorcimiento. Descubrí en mí unas tímidas fuerzas que no

conocía. Un grito clamoroso de libertad me inundó el alma, y me percaté de que al menos por el resto de la jornada no tendría miedo. Era un sentimiento agradable, muy agradable...

Convento, 4 de Mayo de 1983

El árbol que camina es verdaderamente extraño, pero más lo es aquel que permanece inmóvil disponiendo de facultades para andar y un camino por delante por recorrer.

Convento, 8 de Mayo de 1983

El Prior ha dispuesto siempre de un gran despacho para sus duras labores conventuales de organización y dirección. Se encuentra en la planta baja, y nunca ninguno de nosotros hemos penetrado en él. Es una clausura dentro de la clausura. En algunas ocasiones le hemos podido observar trabajando mientras paseamos por el jardín, delante de su ventana.

Generalmente mantiene corridas las tupidas cortinas aún en pleno día.

No puedo evitar el mirar disimuladamente de vez en cuando. Hoy lo he hecho una vez más. Los visillos se encontraban echados, pero en esta ocasión había una rendija lo suficientemente amplia como para curiosear. El Prior se encontraba de espaldas, ligeramente inclinado sobre la mesa llena de imágenes, papeles y revistas. Entresacó una tras dudar unos momentos. Bajo unos titulares en inglés aparecía la foto de un hermoso hombre totalmente desnudo, con una gorra de cuero negro en la cabeza, gafas oscuras, botas azabache y un pequeño látigo con el que acariciaba su pene en erección. Su cuerpo brillaba bajo el efecto de oleosos ungüentos, proporcionándole un aspecto sensualmente viril, casi animal.

Abrió la revista. Se levantó el hábito... No fui capaz de curiosear por más tiempo ante el temor de que me descubriera y me llamara para mantener una seria conversación en su despacho. Por nada del mundo quisiera entrar en él, salvo para cultivarme de similar manera cuando él se encontrara ausente...

El simple recuerdo de lo que sucedió en Taizé me estremeció. No quiero volver a ver lo que vi, ni sentir de nuevo lo que experimenté... ¡Me lo merezco por cotilla!

Convento, 12 de Mayo de 1983

Hoy, tras la Eucaristía, he hablado con el Padre Vicente. Aprovechando su corta visita, me he confesado. He confesado lo *inconfesable...* ¡Qué vergüenza sentí!

Le narré la historia secreta de mi vida. Me ha sorprendido el que me haya hablado más humana que religiosamente. No estoy acostumbrado a ello. Evidentemente nada he contado acerca de las vivencias que he tenido, directa o indirectamente, con los integrantes de esta casa, y menos de las concernientes al Prior.

Me ha aconsejado que me acepte, que deje de luchar, que me plantee seriamente si mi vocación no es un intento desesperado de sublimar una sexualidad que no admito. Esperaba miradas reprobatorias, cien Padres Nuestros, sermones ya conocidos con referencias familiares acerca de Sodoma y Gomorra, futuras condenaciones y cercanos infiernos...

Según parece, debo asumir y aceptar lo que soy, todo lo que soy. ¡Qué difícil! El corazón se rebela ante lo que no comprende y persigue «noes» y «por qués»... Ahora hay cierta paz, pero supongo que de nuevo me asaltarán las dudas, el miedo y la inmovilidad...

Vicente me ha dicho que Dios me ama. Y yo, aún deseando oír estas palabras, no he podido evitar llorar, dudar en creerlas... Si yo no me amo y acepto... ¿Lo hace Dios?

Puede que sea cierto que, Tu, Dios, me quieras, y que me quieras así... A lo mejor no estoy tan fuera de tu Reino como creía... Ya no pensaré en cambiar. No se bien como resolver el problema de fondo: creer y ser... ¡Ya lo descubriré!

Debo plantearme el sentido no solo de mi vocación, sino de mi vida.

Convento, 16 de Mayo de 1983

Mi oración es escrita porque me siento incapaz de llevarla a cabo de otra forma. ¿Qué te digo que Tú no hayas oído ya? No puedo, no puedo... ¡NO PUEDO ACEPTARME TAL COMO SOY! ¡Me rebelo! ¿Por qué soy homosexual?

Pregunto, y se que pregunto sin derecho, que no me has de responder. Esta Cruz que me has dado es horrible, no tiene sentido y me aleja de Ti... Aunque tu me ames, yo no soy capaz de hacerlo y me siento sucio.

Dios me acepta, yo no me acepto, la Iglesia no me acepta. ¡Qué lío!

Convento, 20 de Mayo de 1983

He recibido al fin, tras semanas de espera, una carta del Padre Carlos Eugenio:

Querido Miguel:
No he tenido hasta ahora tiempo para escribirte con tranquilidad. Esto no quiere decir que no piense en ti. Todo lo contrario, muy a menudo estuve contigo en mi oración, en mi corazón, porque se que sufres. Gracias por tu confianza al escribirme como hiciste.

No te puedo ofrecer una respuesta clara y preestablecida. Pero puedes estar seguro de que no hay en mi corazón ningún juicio, ninguna condena. Hay solamente mucho amor, y también un gran deseo de verte de nuevo, porque es más fácil hablar que escribir cuando se trata de cuestiones tan esenciales.

Quisiera hablar contigo de aquellos años tan duros de tu adolescencia. ¡Hubiera sido tan importante que alguien hubiera estado a tu lado durante este período de tu vida para ayudarte a rechazar todos los juicios que hacías contra tí mismo! Todavía necesitas reconciliarte con tu pasado, con tu historia, con tu cercana adolescencia, con aquel Miguel que sufría tanto y al que Dios no dejaba de amar con un amor único.

El futuro sale de una contínua reconciliación con el pasado. En la línea de lo que decía en una ocasión Santa Teresa de Ávila, "con la madera más seca de nuestro pasado, Dios hace un fuego que calienta e ilumina a los demás".

Tienes un fuego de amor en ti, en el fondo de tí mismo. Dios quiere hacer algo con este fiego. ¿Descubrirás qué es?

Quisiera también hablar contigo del presente y del futuro porque me parece que todavía no te sientes a gusto. Hay caminos que buscas. Si no, no me hubieras escrito. No se por dónde pasarán estos caminos, pero creo que existen y que Dios te está esperando en uno de ellos. No has acabado de avanzar, de evolucionar, de buscar, de encontrar, incluso de crear nuevos senderos que antes no existían. Tienes un fuego interior que te quema, y el fuego nunca dice: ¡Basta!

Tengo mucha confianza en que todo el sufrimiento que conociste y conoces no ha sido en vano. Un día verás que todo esto tiene un significado. Tengo mucha confianza en tí, en tu capacidad de buscar y encontrar.

No te preocupes, Dios te quiere como eres con un amor de eternidad. Esa es la voluntad de Dios para tí.

Escríbeme cuando quieras. Tengo dos veces tu edad, pero no me molesta el que me tutees, al contrario.

Con saludos y cariño, tu hermano:

CARLOS EUGENIO

Estoy conmovido por esta cálida carta. No toda la Iglesia, no todos los sacerdotes son iguales después de todo...

Convento, 23 de Mayo de 1983

No se muy bien como expresar mi asombro, y por otro lado, mi más profunda envidia. Creo que pondría la mano en el fuego sin quemarme al asegurar que Marcelino y Guillermo son amantes desde hace tiempo. Nunca he visto que se comportaran delante de nosotros de una manera especialmente delatora, si bien es sabido por todos que preferían su mutua compañía a la del resto de la comunidad. Nunca percibí ningún gesto inculpador, y sin embargo, mi intuición no me ha fallado...

A la hora de la siesta, cuando todos solemos dormir —o al menos descansar en nuestras celdas— he ido a los servicios. Al fondo, en la última de las duchas, oí correr el agua. El agua no fue lo único que corrió..., pues mientras daba alivio a mis funciones intestinales, pude escuchar que ellos dos hablaban en susurros, sonaba algo parecido a un beso, y salía uno tras esperar unos momentos a que se marchara el primero.

Mi morbo, mi curiosidad, mi envidia me condujeron —tras

finalizar mis «asuntos»— a la ducha que habían ocupado. En varios de los azulejos, algo que no era precisamente gel de ducha —ni sangre, ¡gracias a Dios!— se deslizaba lentamente. Miré absorto hasta que, con su lento y sinuoso deslizar, la sustancia casi se difuminó.

Me desvestí, entre en la ducha, abrí la llave del agua imaginando caricias diminutas sobre mi piel; evocando sus cuerpos desnudos, juntos, dedicados a su juego saltarín y prohibido. Eyaculé dirigiendo mi chorro contra los ya castigados alicatados.

Permanecí bajo el agua fría durante unos minutos; seguía cachondo..., y profundamente vacío...

Y como no, lloré...

Convento, 24 de Mayo de 1983

Marcelino. Guillermo. Jóvenes efebos a punto de cumplir los dieciocho años. Han tenido la posibilidad de «pecar», y sin duda disfrutar, de su oculta relación.

¿Dónde me he metido? ¿Esto es una comunidad o una comuna de amor libre? Entre unos y otros, más de la tercera parte de la comunidad comparte mis tendencias. ¿Verán los demás lo que yo veo? La película empezada comienza a cobrar sentido, los personajes empiezan a definirse... La trama da, desde luego, para segundas y terceras partes.

Cada vez me siento más confuso con respecto a lo que debiera ser y lo que realmente es...

Convento, 25 de Mayo de 1983

Creo que estoy desvariando y que veo fantasmas donde no los hay. ¿Acaso Marcelino ha intentado coquetear conmigo? ¿Son imaginaciones mías? ¿Sospechan que lo sé? ¿Sospechan de mí? ¿Ha sucedido antes y yo no me he apercibido? ¿Simplemente pretenden mortificarme provocándome un deseo que no será satisfecho?

A pesar mío, no he entrado en el juego, no me he dado por aludido... Aún no se jugar.

Convento, 26 de Mayo de 1983

Fray Fernando nos ha sorprendido a todos con su fulminante marcha del convento. Tan discreto, tan callado, tan apartado de todos... No me dio tiempo ni ocasión para conocerle realmente.

Nadie sabía, nadie sospechaba, nadie pensaba que esto sucediera. En otros es algo casi previsible, en él no. Parecía perfectamente adaptado. Es la primera baja en las filas de los posibles soldados de Cristo que iniciamos conjuntamente la instrucción en esta casa. Es muy probable que de una forma u otra le sigan algunos más.

Ha desaparecido de repente, sin despedirse. Al preguntar al Padre Maestro, sólo nos ha respondido con su peculiar encogimiento de hombros acompañado de una casi imperceptible sonrisa de satisfacción. ¿Qué habrá pasado?

Delante de la que fue su celda recordé las numerosas ocasiones en las que inteté hablar con él, hacer comunidad, fomentar la amistad. No dio oportunidad a nadie. Quizás no se la dio a sí mismo.

Espero que tenga suerte en el mundo y que olvide lo más rápidamente que pueda el tiempo que ha permanecido aquí. Deseo que exclusivamente recuerde lo grato, si es que lo pudo encontrar...

Convento, 28 de Mayo de 1983

Jornada de asueto. No hemos realizado ninguna de las actividades que se habían propuesto. Simplemente nos han dejado salir a dar un paseo por la carretera de siempre con la cabeza encapuchada y sin mediar palabra con nadie mas que lo educadamente esencial...

La mayoría de los novicios no ha deseado salir, no les ha resultado demasiado motivador el deambular como reos acomplejados. Sólo hemos caminado Juan y yo. Entre los connovicios no se ha arraigado la costumbre de anteponer el «fray» a nuestros nombres. Nos es más espontáneo usarlo con los Padres.

La misma vereda, los mismos itinerarios, los mismos árboles —quizás algo más frondosos—. Conversaciones limitadas por la costumbre de la reclusión que no eran fácilmente modificadas en situación de momentánea libertad. Todo era como siempre, hasta que Juan tropezó y se dañó al caer y cortarse con los restos de una inoportuna lata. ¡Menos mal que estamos vacunados contra el tétanos! Un desgarrón ensangrentado en su hábito hizo que nos diéramos cuenta de que algo había pasado. Al hacer ya buena temperatura, no llevamos pantalones debajo de los hábitos, de lo contrario no se habría lastimado.

Se subió los faldones y, en la parte interior de su muslo derecho, vimos una herida superficial de unos tres centímetros. No parecía grave, pero... ¡La sangre es tan escandalosa! Inspeccioné el corte: era limpio. Manaba sangre de forma intermitente.

Le observé más tiempo del necesario... Cogí mi pañuelo y lo apreté fuertemente sobre la parte interior de su muslo magullado. Con el fin de no mancharse aún más se arremangó las vestiduras hasta casi la cintura, controlando en lo posible el dolor que sentía.

Lo que no consiguió su sangre, casi lo logra este gesto. Casi me mareo. Sus muslos contorneados y musculosos de piel dorada, su vello rizado me recordaron mis miradas fugaces en las duchas, de camino a Taizé. Mi vista se desplazaba inconscientemente unos centímetros más allá del pañuelo, a una zona abultada, generosa, fascinante, que para nada tenía que ver con su herida, pero sí quizás con las mías... Su incipiente erección bajo el calzoncillo por poco me causa un infarto. De nuevo olvidé al fraile, al Hermano, al amigo..., y vi al hombre.

La llaga dejó de sangrar —al fin— poco a poco. Regresamos al convento, insistiéndole que le curaran adecuadamente en la enfermería, a lo que tras una larga reticencia accedió.

Por mi parte, no se por qué, no he metido mi pañuelo en la saca de la ropa sucia, sino que lo he guardado en el cajón de mi escritorio, junto a este diario.

Convento, 29 de Mayo de 1983

Esta noche he soñado con el incidente de ayer. No era él, sino yo quien se había herido en el sueño. Juan —por supuesto— era el que me atendía. Me dolía, me dolía mucho. Era como si tuviera algo dentro de la llaga que pugnara por salir proporcionándome dolor y algo similar al placer. Al apretar Juan mi muslo para extraer el posible cuerpo extraño casi me despierto. Seguí durmiendo, intentando volver al mundo de los sueños para que finalizara la cura, a pesar de notar una conocida y viscosa humedad que cálidamente resbalaba por entre mis piernas, y que no hice intención alguna de secar. No era sangre...

Convento, 30 de Mayo de 1983

Me siento mal. Es complicado describir lo que siento, pero se que no debo permitir que continue creciendo. Por mucho que me duela he de arrancar de mi estas flores incipientes como si de malas hierbas se tratara. Es una pena, pues daban a este desierto mío una nota de vida y color. Sin embargo, ¿y si a pesar de arrancarlas, han dejado caer semillas que puedan hacer que rebroten con mayor profusión?

De todas formas, esas flores permanecerán disecadas en algún lugar de mi ser, y podré contemplarlas con delicadeza aunque ya no tengan vida y su color se halla perdido para siempre...

Junio de 1983
EL DESPERTAR DE MI CONCIENCIA

Convento, 1 de Junio de 1983

Los Padres están reorganizando la biblioteca; mejor dicho, han dispuesto que la ordenemos nosotros. Anaqueles y estanterías cubiertos por el polvo de años parecen esconder secretos de otros tiempos. Incunables algo deteriorados, primeras ediciones de obras famosas, compilaciones arcaicas, hagiografías dulzonas, manuscritos quebradizos, legajos en latín, griego y otras lenguas que no se identificar se mezclan con revistas baratas y catálogos carcomidos por las termitas.

¡Parece que nadie hubiera traspasado a esta parte de la biblioteca durante lustros! El ejemplar más moderno de esta abandonada sala fue publicado en 1877.

Los libros siempre han sido mis más fieles amigos. Los he cuidado con esmero, los he conservado con agradecimiento por el entretenimiento, intriga, conocimiento o interrogantes que me han proporcionado. Me apena contemplarlos como pobres enfermos olvidados, desatendidos y relegados a la postergación como si fueran inservibles ancianos que ya han dado todo lo que podían aportar.

El Scriptorium fue, siglos ha, una de las más importantes dependencias del convento. La perpetuación y transmisión del saber se encontraba en manos de los pacientes artistas que copiaban con primorosa y bella caligrafía los manuscritos que hasta ellos llegaban.

Miro las encuadernaciones, y en sí mismas son, en muchos casos, una obra de arte: cuero o piel teñidos en vistosos colores que se han desgastado con el tiempo, repujados primorosos, filigranas en oro, plata o carmesí, cosidos laboriosos; láminas con decoraciones y dibujos que asombran por su cuidado y esmero...

Pretenden deshacerse de gran canditad de ellos. No se plantean revisar su valor, donarlos o venderlos. Los que consideren inservibles irán al fondo del patio, donde se queman los rastrojos del jardín. La imagen es aterradora. Me recuerda a la Edad Media con sus herejías y hogueras.

No nos permiten quedarnos con ellos a pesar de que varios de nosotros lo hemos solicitado. Alegan que nuestras mentes incultas no valorarían adecuadamente su contenido, que existen ediciones más modernas si es que estamos interesados en adornar nuestras estanterías personales...

Aún sabiendo cual será el final de aquellos que no cumplan los requisitos de una sólida encuadernación, ausencia de moho o apurgaramientos, carencia de manchas, cosidos incolumes y firmes lomos, no soy capaz de tratarlos con desconsideración.

Tal ha sido la cochambre entre la que deambulamos que hemos tenido que mandar los hábitos al lavadero tras ducharnos con esmero. La resuida durará, al menos, tres o cuatro días.

Convento, 2 de Junio de 1983

Entre tantos libros y manuscritos condenados a muerte he descubierto unos legajos que han despertado mi curiosidad, pero que no he podido revisar atentamente al encontrarme bajo la vigilancia de los Padres. Disimuladamente los he apartado para intentar rescatarlos mañana. Tratan de las primeras condenas políticas y religiosas de la homosexualidad en España, e incluso anteriores a la unificación. ¡No lo podía creer!

Más tarde

Lo he hecho. No he podido esperar a mañana. Mi curiosidad era cada vez más intensa y, a las tres de la madrugada no pude resistir más. Me vestí, como sigiloso ladrón abrí lentamente la puerta de mi celda, levantándola un poco para evitar que chirriara. Salí al pasillo. Oscuridad...

Lentamente, durante minutos que me parecieron horas, me dirigí hacia las escaleras. Tuve que pasar por delante de diecisiete celdas antes de alcanzar mi primer objetivo. Intentaba recordar angustiosamente cuales eran las baldosas que se encontraban sueltas, y que, en el silencio de la noche, me podían delatar como la más moderna alarma antirrobos. Paso a paso, baldosín a baldosín, pisando huevos, avancé... No podía dar crédito a lo que estaba haciendo. Aunque fuera por «salvar de la quema» —y nunca mejor dicho—, iba a cometer un pequeño robo en el interior del convento.

Mi corazón, latía de tal forma, que temía que se escuchara a través de las paredes y me delatara. Los ronquidos procedentes de algunas de las celdas me sobresaltaban. En varias ocasiones mi memoria me falló, y pisé indebidamente, permaneciendo helado durante unos segundos hasta comprobar que no había llamado la atención con mi desliz.

Cuando alcancé la escalera, suspiré, pero me encontré con un nuevo problema con el que no había contado. Los escalones eran de madera. ¡Y esos sí que podían hacer mucho ruido bajo mi peso! La escasa luz de la luna en cuarto creciente que traspasaba el ventanal era la única con la que contaba. Permanecí indeciso durante unos minutos. No podía regresar con las manos vacías. No quería aceptar la derrota. Era una cuestión de orgullo. Arrimándome lo más posible al extremo de los peldaños que se unían a la barandilla, fui ascendiendo a tientas. Pequeños crujidos imperceptibles para aquellos que temía, suponían para mí terremotos que separaban la tierra bajo mis pies.

Una vez alcanzado el piso superior pude moverme con algo más de libertad, aunque conservando la precaución. La planta se encontraba, evidentemente, desierta. Nadie reposaba allí, ni tenía porqué transitarla a esas horas. Pensé por un momento que si aparecía un simple ratón, por no decir el fantasma del Padre Casimiro —novatada dedicada a los postulantes—, me moriría al instante.

Tras recorrer unos quince o veinte pasos llegué ante el portón de la biblioteca en uso. Como era de esperar se encontraba entreabierto y lo traspasé como una centella. Ya dentro, me atreví a encender mi diminuta linterna, pues no deseaba tropezar con tanta mesa y silla anárquicamente dispuesta.

Los espíritus de los libros parecían aletear a mi alrededor. Unos me intimidaban, otros me animaban. Llegué al tablón de llaves, y al coger las que necesitaba tintinearon como si se alegraran de verme. Al fondo, a la izquierda, se encontraba la «caja fuerte» que pretendía saquear. El cerrojo no hizo el ruido que esperaba, sólo un simple «clock». Entré.

Las hojas se encontraban escondidas donde las deposité. Como si se tratara de un bebé, las tomé en mis manos. Me sentía como un espía que hubiera conseguido documentos referentes a la seguridad nacional de un país enemigo. Eran más quebradizas de lo que yo recordaba. Tanto esfuerzo se podía malograr, con el agravante de ser descubierto, si iba dejando «migajas» de papel —como Pulgarcito— hasta la puerta de mi celda. Al azar escogí un libro de un formato algo mayor que el de las páginas y, cuidadosamente, las coloqué en su interior como si fueran mariposas disecadas. ¡Mira por dónde había sido más audaz de lo que esperaba! Había salvado no sólo unas hojas, sino también un libro que iba a ser su compañero de destrucción.

Cuando regresé a mi cuarto me dolía todo el cuerpo. Tenía contraídos los músculos de la espalda, hombros y cuello. La adrenalina circulaba aún por mi cuerpo en situación de alerta. Escondí el fruto de mi delito en el cajón con candado y me dispuse a descansar. Al mirar el reloj me di cuenta de que había transcurrido más de una hora desde que iniciara mi aventura. ¡Una hora para un trayecto que normalmente no requiere más de cuatro minutos!

Eran las cuatro y diez cuando me desvestí. Quedaban dos horas escasas para levantarnos e ir al coro para rezar maitines. ¡Cual fue mi espanto al ver que mis preocupaciones no habían terminado! ¡El polvo! El polvo había manchado mis impolutos hábitos preparados para el día siguiente como si de carteles acusadores se tratara. Mi mente maquinaba velozmente una respuesta, una salida rápida para deshacerme de estas inesperadas pruebas incriminatorias. Sentí el pánico del peor criminal que se intuye acorralado y sin escape.

Pensé que quizás este incidente no fuera tan importante. Nadie tenía porqué asociar esa suciedad con aquél lugar, pero ¿y si no era así? No desaparecería simplemente con la mano, es más, se introducía, se aferraba al tejido con extrema fidelidad y cariño. No disponía de tiempo suficiente para lavarlo y tenerlo seco en menos de dos horas. ¿Qué podía hacer?... ¡Fray Marcos! Marcos se había ido unos días... Era casi de mi estatura, y su hábito limpio me esperaba en su celda. Con tantas limpiezas, frailes entrando y saliendo, pensé que Dimas no se extrañaría al tener algo más que lavar. Marcos encontraría su hábito limpio al regresar. Con un poco de suerte sería yo mismo quien recogiera del lavadero la colada de la semana para repartirla de nuevo.

Cuando quise darme cuenta faltaba una hora escasa para ir al coro. Simplemente me acosté, no merecía la pena intentar dormir. Me encontraba demasiado excitado. Tampoco quise leer mis tesoros. Deseaba hacerlo con mis cinco sentidos...

Convento, 4 de Junio de 1983

Me debato entre el deseo y el temor. He de leer esas hojas, pero intuyo que no me va a gustar nada de lo que descubra. ¿Estoy preparado? He pasado todo un marathón emocional para conseguirlas. ¿Habrá merecido la pena? ¿Realmente deseo saber lo que dicen?

Si, deseo saber más sobre lo que se hizo con nosotros en nombre de la Fe y del Amor, sobre las circunstancias que concurrieron para que fuéramos siempre y por siempre anatema. Me duele pensar en todos aquellos que se vieron enfrentados a su identidad, la asumieron de mejor o peor manera y pagaron con la tortura, incluso con la muerte, su libertad y su derecho de amar.

¡Inquisición! No concibo, no comprendo como se pasó de ese Jesús que comía con prostitutas, publicanos y pecadores a los que infundía dignidad, aliento y esperanza... a la muerte en la hoguera dictada por sus representantes. Errores del pasado: Errores del presente... ¿Tengo que considerarme realmente agradecido por el hecho de que en la actualidad no me quemarían vivo en una plaza pública como modelo ejemplarizante para todos los que se sintieran tentados a amar a otro hombre?... Pienso que no. Hay muchas formas de tortura y de muerte. Ya no se usa el potro, la horca o pira, pero sí el desprecio, la tortura psicológica que mata la esperanza, la mutilación de los sentimientos, el escarnio social. Ha cambiado el modo de matarnos: reducirnos a la soledad más profunda. La soledad es muerte, y yo ya no quiero morir...

Convento, 5 de Junio de 1983

A duras penas he podido leerlas. Los borrones, manchas y

fragmentos ausentes me han limitado mucho. Hay conceptos que los he transcrito por deducción. La tipografía de la letra no me ha facilitado la tarea. Estas hojas no se conservarán durante mucho tiempo al ser su deterioro tan extremo. Por ello voy a intentar copiar, como si fuera un escriba medieval, el contenido esencial que pueda rescatar.

Primero hay unos párrafos casi ilegibles que hacen referencia al pecado nefando en la Biblia, circunscribiéndose a las citas condenatorias del Antiguo Testamento. No me despiertan especial interés, pues ya las conozco y puedo recurrir a otras fuentes para complementar su ausencia.

A continuación se habla del Imperio Romano, y parece que las primeras condenas religiosas posteriores a las bíblicas tienen su origen en el Concilio de Elvira (o Lliberis) datado en el año 306 o 307 donde, en su Canon 71, se excomulga a los homosexuales y se les priva de la comunión aunque estén en peligro de muerte. Ciertamente para un homosexual creyente no habría castigo más duro. En el Concilio de Ancyra —que debe ser la actual Ankara—, del año 314 se nos excluyó de recibir los sacramentos.

Se desprende también que después del Edicto de Milán se empezó a notar la influencia de la religión cristiana en disposiciones de carácter secular. (Quizás de ahí venga el origen de la fusión Iglesia-Estado que hasta hace poco muchos países han venido sufriendo.) La primera de ellas parece una ley dictada en el año 342, por los emperadores Constantino II y Constante I en el cual se nos castigaba a graves penas —pero no llega a especificar cuáles—.

Valentiniano modificó la Lex Julia —del emperador Augusto— contra los adúlteros, dando cabida en ella a los homosexuales, castigándolos a ser quemados vivos atados a una estaca. ¡Quemados vivos! ¡Realmente las atrocidades eran confundidas con la misericordia y comprensión!

Al continuar leyendo, compruebo que esto solo fue el comienzo. En el Código del emperador Teodosio II, se ordenaba que fuésemos quemados en público. Justiniano confirmó todas las disposiciones anteriores en un Código y en sus instituciones, con el fin de «salvar» a su Imperio de un destino similar al de Sodoma.

Con los visigodos, la homosexualidad fue condenada por la ley del rey Alarico II en el año 506, donde también se ordenaba que fuéramos quemados en la hoguera. En la Lex Visigothorum o Liber Juriciorum del año 642/49 se recogen dos leyes, una del rey Égica mandando castrar a los sodomitas por la justicia civil, siendo luego entregados al obispo para que los encarcelase o hicieran penitencia y, en el caso de que fueran casados, quedaba disuelto el vínculo matrimonial. El rey Recesvinto estableció que cualquier hombre lego o eclesiástico, que probadamente hubiere cometido el pecado sodomítico, fuera castrado y excomulgado. Coincidiendo con el reinado de Égica, en el VI Concilio de Toledo, se condenaba a los eclesiásticos a la degradación y a los legos con la excomunión, la decalvación, la castración y el destierro perpetuo después de recibir cien azotes en la espalda.

Ciertamente ésto viene a demostrar que lo que veo dentro de estas paredes ha venido siendo también una «tradición» paralela dentro de la Iglesia...

Es duro y desmoralizador el ver como, desde casi el origen de la llamada civilización, hemos sido denostados. ¿Cómo puedo formar parte de una Iglesia con tal tradición, con tales antecedentes? ¿Cómo asumir, hacerme cómplice de aquello que históricamente «estaba bien hecho» para destruirnos, para destruirme?... No, no puedo... Una vez más, y ante la evidencia, aun con la «conciencia errada», he de fiarme simplemente de mi corazón y de mi relación personal con Dios.

Estoy cansado. Mañana continuaré. Es suficiente por esta noche.

Convento, 6 de Junio de 1983

Desde ayer por la tarde la paz se ha esfumado. El pájaro volado... Supongo que ya volverá. No se ya lo que soy, ni como es mi relación con Dios. Estoy confundido porque muchos de mis pilares religiosos están siendo derribados. No siento nada al rezar, ni al asistir a los coros, ni en la eucaristía... ¿Cómo puedo sentir algo al recibir el Cuerpo de Cristo de manos del Prior? No se si creo que Cristo está ahí; es un acto de fe demasiado fuerte. Mis ideas y conceptos sobre Dios, fe y pecado se están desdibujando. Aparecen vivencias personales nuevas... Sin embargo, hay esperanza.

En realidad hoy no se ha escapado toda la paz, pero si la

alegría o sosiego danzarín. No soy feliz, pero creo que hay algo similar a la placidez. Todo comenzó con las burlas de algunos connovicios antes, durante y después de la cena. No fui capaz de reaccionar, ni se tampoco si debí hacerlo. Soporté y soporté. Supongo que eran bromas, quiero pensar que eran chirigotas... pero hacían daño. Estoy cansado de estas situaciones. Temo que un día... ¡No, no temo! ¡Deseo! ¡Deseo decir NO, BASTA YA!

¡Deseo! También deseo otras cosas..., otros cuerpos que no son el mío. Juan me turba cada vez más. En su presencia me siento distinto, muy distinto. ¿O quizás más yo? Sus ojos, deben ser sus ojos... ¡Me pierdo en sus ojos!

Más tarde

Cada día soy más consciente de que no puedo permanecer en el convento. El Padre Maestro dice que no tiene demasiadas esperanzas para mí, pero se equivoca. Sí las tengo, fuera de aquí...

Convento, 7 de Junio de 1983

Tomo las quebradizas hojas entre mis manos y siento la tentación, por primera vez, de destruir un libro o al menos una parte de él; Inquisidor ante el reflejo de un pasado injusto.

En los Reinos de Asturias, León y Castilla, en los que se aplicaba el «Liber Juriciorum» del que hablaba el otro día, éste se tradujo en el siglo XII con el nombre de «Fuero Juzgo». Los actos homosexuales fueron también penados en el Fuero Viejo de Castilla, el Fuero Real del año 1255 y en el famoso Código de las Siete Partidas del año 1625 con la castración pública y posterior colgamiento por los pies hasta que se produjera la muerte. Se hacía alguna excepción para quienes habían sido forzados o eran menores de catorce años.

Los Reyes Católicos —¿lo eran?— por la pragmática de Medina del Campo de 1497, ordenaron que fuésemos quemados vivos y que se nos incautaran todos los bienes, calificando este «nefando delito» como causa por la que «la nobleza se pierde y el corazón se acobarda y se engendra poca firmeza en la fe». Esta ley fue confirmada y reforzada por Felipe II, por la Pragmática de

Madrid de 1598, ya que, al parecer, algunos encausados escapaban al castigo por falta de pruebas suficientes. Ambas disposiciones pasan a la Nueva Recopilación de 1805 que establecía que un homosexual podía ser denunciado por cualquier persona ante el juez del lugar, y que debía morir tanto quien cometía el «pecado» como quien lo consentía, a no ser que se tratara de menores de catorce años. Estas leyes estuvieron vigentes hasta 1822.

En el Reino de Navarra los homosexuales también fueron condenados, con penas análogas, en la Novísima Recopilación de las Leyes de Navarra, desde su edición de 1512 hasta la última de 1716, permaneciendo también hasta el año 1822.

En la Recopilación de Fueros del Reino de Aragón, cuya primera edición es de 1522, se recogen penas similares, y en el Fuero de Albarracín se establece la cremación de los culpables. Con el reinado de Felipe II se aplicaron las leyes castellanas. Lo mismo podemos decir de la Recopilación de Furs del Regne de València, editados en el siglo XVI. Desde 1707 también se aplicaron las leyes de Castilla.

Me siento triste, muy triste. ¿Acaso somos tan peligrosos? No sé qué decir. No sé como justificar a esta Iglesia a la que en cierto modo amo aún a mi pesar...

Convento, 8 de Junio de 1983

El potro se utilizaba en la Edad Media para torturar a la gente. La víctima era atada a los extremos, y entonces se tiraba de las cuerdas hasta que los miembros se descoyuntaban.

El aplastacabezas estaba destinado a comprimir y reventar los huesos del cráneo.

Las jaulas colgantes no pretendían ser sólo una incomodidad tal que imposibilitara al desdichado preso dormir o descansar: a veces se introducían en ellas gatos salvajes o se prendían hogueras debajo para abrasar al condenado. Los barrotes a los que estaba atado le impedían todo movimiento.

La tortura de la rata era muy popular. El infortunado reo era atado al potro boca arriba, y sobre su vientre se colocaba una pequeña jaula con una rata en su interior. Los verdugos la enloquecían con tizones y hierros al rojo vivo, hasta que esta buscaba desesperadamente una salida, que no podía ser otra que excavar en la barriga de la víctima. Si tenía suerte, podía hacer un túnel y escapar por el otro lado.

Unas tenazas en manos hábiles podían arrancar de cuajo dientes, uñas, incluso la lengua, testículos o pene.

Las astillas de metal se introducían debajo de las uñas, clavándose poco a poco hasta que no quedaba uña donde seguir clavando.

Se podía hacer tragar a un convicto hasta diez litros de líquido por sesión, ayudándose de un práctico embudo. Además de sufrir una terrible sensación de ahogo, el estómago podía llegar a reventar.

La doncella de hierro, como ataúdes de inapreciable artesanía tanto por fuera como por dentro, eran frecuentemente utilizados. Por fuera estaba embellecida por primorosos grabados y relieves. Por dentro, multitud de púas dirigidas a puntos estratégicos del cuerpo se clavaban lentamente.

Esta es sólo una pequeña relación de lo que he podido extraer de estas hojas malditas. Tengo la irreal sensación de que mis dedos sangran mientras las enumero, siento la necesidad imperiosa de lavármelos lo antes posible.

Estos fueron algunos de los métodos de la Santa Inquisición y de la Autoridad Civil. Se utilizaron con mayor o menor frecuencia en el mundo occidentalizado de la Edad Media contra miles de personas, entre ellas homosexuales.

Cuando termine de transcribir estos manuscritos yo mismo los quemaré, aun cuando con ello no pueda borrar un pasado que ha hecho historia y que se quiere olvidar, justificar y ocultar.

Se que Jesús, no hubiera aprobado esto. No hay nadie que me lo pueda discutir...

Convento, 9 de Junio de 1983

No puedo dormir. Me he desvelado. Los pensamientos, los conceptos vienen a mi mente adormecida durante años y circulan como un torbellino. Si los escribo puede que descanse. Todo son hipótesis, teorías, experiencias que aún no he comenzado a vivir.

Desde el momento en que nacemos tenemos un potencial sexual que se irá desarrollando paulatinamente a lo largo de nuestras vidas. Una de las fases esenciales de esta evolución es la elección del objeto sexual, es decir, aquello que deseamos y con lo que vamos obteniendo satisfacción sexual.

Si elegimos un objeto sexual del sexo contrario, entramos en consonancia con lo que la sociedad y la religión actuales denominan «normalidad», siendo fácil aceptarnos a nosotros mismos tal como somos, siguiendo las pautas sexuales establecidas socialmente.

No ocurre lo mismo si el deseo está dirigido a personas del mismo sexo porque el sistema social, desde ese momento, va a inculcarnos las ideas de diferencia, minoría, inferioridad y marginación...

Cada persona es diferente de las demás, igual que las circunstancias que la rodean; por esto se hace casi infinita la diversidad de las formas en las que cada uno vamos aceptándonos.

Toda mi vida me he sentido bombardeado por la presencia de referentes negativos sobre la homosexualidad. Entre ellos, la mala imagen y ridiculización de gais en la televisión, insultos y chistes de mariquitas, las visiones tremendistas y condenatorias de la Iglesia, la homofobia de los padres, familiares y amigos...

Convento, 10 de Junio de 1983

Se ha celebrado una boda en el convento. Una más de las muchas que he visto desde que estoy aquí. La novia caminó lentamente por el pasillo siguiendo el compás de la música, el órgano transmitió el dulzor de melodías celestiales, los padres lloraron, se intercambiaron promesas de amor, se colocaron los anillos como promesa de fidelidad, se besaron, arroz a la salida de la Iglesia, viaje de novios...

Todo sigue las pautas propias de un tópico y, en cierto modo, desgraciadamente, así es... El homosexual que por acallar los rumores de su pueblo o ciudad, olvida sus instintos al no poder enfrentarse a ellos firmando su «sentencia de muerte» con una unión que no hará feliz a ninguna de las dos partes, y que a él, especialmente, amargará.

De todos es conocido que Raúl, el novio, «perdía aceite» como suelen decir los malintencionados; y no sólo en fantasías solitarias, sino precisamente en compañía del que fue su padrino de boda. Hace unos meses un agricultor sorprendió a ambos en el granero —¡vaya originalidad!—. Incapaz de mantener la boca cerrada se fue extendiendo un murmullo constante, sonrisas estúpidas, miradas de soslayo, sarcasmos subliminales que fueron saeteando a Raúl poco a poco...

De familia adinerada entre los del pueblo, supongo que ésta no podía consentir que su hijo perdiera el culo por uno de sus amigos de la niñez. Dentro de la simplicidad de sus mentalidades, a sus padres no se les ocurrió mejor modo de desmentir y acallar todo que con una boda forzada en la que el novio y padrino —elegido con la intención de despistar aún más— se miraron más dulce y emocionadamente que los que debieran ser los desposados oficiales.

Podrá cumplir en su matrimonio, tendrá hijos, terminará acostumbrándose posiblemente a ese cuerpo que no desea..., pero acabará odiando solapadamente a su mujer, y a sí mismo, al buscar fuera lo que no encuentra dentro de su matrimonio basado en el engaño...

Desea jugar con dos barajas, acallar las murmuraciones, dar conformidad y satisfacción «al qué dirán». Se siente avasallado, y cobardemente no ha sido capaz de tomar su propia decisión.

Es normal que en ocasiones llore el padrino, mas esas lágrimas furtivas que ví cuando él se disculpó para ir a los aseos no me parecieron de alegría y emoción por la dicha ajena, sino las de un enamorado frustrado que no es capaz de asimilar el sentimiento de pérdida.

Raúl hará desgraciada a su mujer que, pasado el tiempo, se arrepentirá de haberse prestado a la comedia, que no entenderá demasiado el por qué ya no es atractiva para un marido al que parecía haber reciclado tan satisfactoriamente. Se sentirá ofendida en su feminidad al no haber conseguido «reformar» a su esposo. Se interrogará por esas salidas de trabajo a provincias cada vez más frecuentes, lamentando haberse casado con alguien que no le puede dar todo lo que ella necesita y se merece.

Él, buscará desahogos ocasionales cada vez con más frecuencia, dudará... Tendrá aventuras fugaces con sabor a culpabilidad, quizás intentos serios de una relación estable paralela, mas al final tendrá que decantarse.

¿Te preguntas cómo sé algunas de estas cosas, querido diario? Es bien sencillo. Estos no son pensamientos míos, sino los expresados por el propio novio cuando, antes de la boda, ha discutido enérgicamente con sus padres. Discusión que evidentemente ha pedido... Pensando que no había nadie en la sacristía, han hablado acaloradamente. Mientras tanto, yo me encontraba preparando las casullas, albas, capuchas y sayuelas apropiadas para la ceremonia en el vestidor de al lado. Una vez más he sido testigo de sucesos que debieran ser privados, de situaciones a las que no he sido invitado.

Toda esta trama me causa una profunda pena, una tristeza insondable. Deseaba salir en favor de Raúl, pero lógicamente ni podía ni debía hacerlo. Hubiera deseado hablar con él, mas creo que, a pesar de sus protestas estaba resignado... Siento pesar por esa doble vida que finalmente no será ninguna.

Soy demasiado duro con él... Posiblemente ha hecho lo mejor que sabía hacer. Yo mismo he cometido errores que estoy pagando aún. En toda esta situación hay mucho que puedo aplicarme a mí mismo, mucho para pensar. Si de algo estoy seguro es de que no me casaré... por lo menos con una mujer.

Todo es un fraude más. Matrimonio viciado y con dolor que puede ser declarado nulo, pero al que la Iglesia inicialmente ha accedido a fin de no asumir el verdadero problema: Hay hombres a quienes les gustan los hombres. ¡Y mucho!

Convento, 11 de Junio de 1983

La aparente tranquilidad del convento, el silencio, la serenidad, impregnan las paredes. Sin embargo, me parece oír los lamentos de aquellos que fueron juzgados y ejecutados en nombre de la Fe. El olor a carne quemada, los alaridos de dolor, las peticiones de misericordia y las lágrimas —muchas lágrimas— parecen ser transportadas desde el pasado a mi presente como si de una memoria colectiva y heredada se tratara.

Sigo intentando hilvanar los datos de esas hojas que ahora me arrepiento de haber salvado de la pira, pues sinceramente ese debiera ser su destino. A pesar de ello debo terminar lo que empecé, dar algo de sentido a esas palabras borradas, ausentes o carcomidas.

En el Principado de Cataluña la compilación carolina de Erquembald (del año 812), también castigaba la sodomía. Desde el período condal se aplicó el Liber Iudiciorum hasta por lo menos la segunda mitad del reinado de Jaime I, cuando empezó a regir el Derecho Común...

¡ME NIEGO! No quiero escribir más, ni por conocer, ni por conservar la «sabiduría que perdura a través de los siglos». No puedo seguir constatando como se nos ha tratado. ¡Santa Madre Iglesia!... ¡Madrastra despiadada que castiga, pega, maltrata a sus hijos; pechos secos y agrietados que no tienen nada más que ofrecer que un hilillo de suero amargo; arrebatadora de pan de vida que deja morir de hambre al hijo que no se amolda, que no se somete, que busca sus propios caminos!

Reconozco que no todas las víctimas serían del todo inocentes, que algunas de ellas tendrían otros cargos añadidos en contra suya. Pero ¿quién otorgó el poder a los hombres de la Iglesia y a los representantes de la justicia civil para arrebatar la vida que había concedido Dios? ¡Iglesia Pecadora! ¿Cómo puedo perdonarte si has pecado contra el Quinto Mandamiento de la Ley de Dios? ¿Cómo puedo pretender que tus brazos se me abran si en mi conciencia pesa la memoria histórica de una sentencia de muerte por el simple hecho de ser diferente?

Creo en Dios, pero me cuesta creer que esta sea la Iglesia de Dios... No soy teólogo, no he dedicado años de estudio a la Escatología, pero si se que en nada se asemejan estos actos y muchos otros a aquella comunidad que intentó instaurar Jesús. ¿Qué sucedió para que los ideales se corrompieran?

Convento, 12 de Junio de 1983

Miro a Juan a través de las rejas de la ventana de mi celda mientras pasea con su breviario. La elegancia y porte de su paso, la forma de inclinar la cabeza cuando parece no entender algún pasaje, la sombra que le precede o que le persigue según esté situado con respecto al sol, me embriagan... ¿Las semillas están germinando de nuevo? Esta vez no las atacaré. Contemplaré como crecen, pues comienzan a embellecer mi vida...

Convento, 13 de Junio de 1983

Otrora se daba la oportunidad de abrazar la vida monástica a rehenes de guerra y hasta a convictos de delitos comunes, encerrándolos en conventos o monasterios en los que pasarían el resto de sus vidas, en vez de confinarlos en prisión.

¿Cuántos de los que nos encontramos aquí no somos, en cierto modo, rehenes de situaciones de las cuales no podemos escapar? ¿Cuántos se han encarcelado voluntariamente al sentirse culpables de unos delitos sociales, morales o conceptuales?

Convento, 14 de Junio de 1983

Al convertirse la liturgia en la primera y principal obligación del monje o fraile, San Benito, creador de la Regla que es básica para todos los religiosos, no hizo en el fondo mas que propiciar uno de los fines que la Iglesia deseaba para sus fieles: quitar de las mentes la funesta manía de pensar.

Convento, 16 de Junio de 1983

¿Qué puedo hacer para liberarme de este peso que me oprime por todas partes? El amor en el sistema actual parece ser una excepción. Todo está destinado a la producción material y a su consumo. El amor, los sentimientos, son por lo tanto improductivos, y no interesan demasiado si no es por el hecho de la reproducción.

Todo es demasiado complejo. Parece que el único camino real para que mi amor y mis sentimientos constituyan el eje de mi vida es la actitud radical inconformista. Debo mirar las cosas como si fuera la primera vez, intentar prescindir de los condicionamientos exteriores experimentando la vida por mí mismo. Puede que sólo así sea capaz de comprenderme en mi totalidad, luchar en mi vida cotidiana y anular los efectos de una moral ajena aventurándome en otra que me haga un ser humano completo. Todo este proceso implica un reciclaje profundo y visceral, y un buen par de cojones de los que todavía no dispongo.

Tengo la seguridad de que, tristemente, la Iglesia y sus maestros oficiales han aparecido en numerosas ocasiones más interesados en la verdad, que en poner en práctica la Verdad del Amor.

La llamada preocupación por la Verdad parece que ha excluido la auténtica caridad humana y cristiana, por no decir simplemente el respeto. Sólo tengo que recordar las últimas clases del Padre Roberto: la Inquisición, la quema de herejes, las recriminaciones de la época pre-ecuménica... La verdad parece que debiera ayudar a amar, pero ¿quién puede abrazar, comprender y asimilar toda la verdad?

«Ay de los pastores que se pastorean ellos mismos. Vosotros os alimentáis con la leche, os vestís con la lana, habéis sacrificado las ovejas más gordas. No habéis alimentado a la oveja débil, no habéis curado a la que estaba enferma» (Ez. 34, 2-4).

Qué triste me siento, y qué impotente al escuchar los continuos disparates que salen de las bocas de los que se llaman pastores. Entre estas paredes hay muy poca dulzura y mucha condenación, mucho clasificar en cánones situaciones que son muy dolorosas porque son retazos de vida que ellos diseccionan, desinfectan y disecan para justificar un trabajo y una presencia de muertos; vacíos de contenido. Lo veo aquí, lo siento, lo mastico, lo percibo adherido a los poros de mi piel provocándome asco y repugnancia. Poco importan las ovejas, sino el propio bienestar, la perduración del sistema, el prestigio personal sin mácula para no llamar desagradablemente la atención y poder seguir escalando peldaños en la grada del poder espiritual. Todo esto y mucho más en nombre de Dios...

La lista de los rechazados y marginados por las Iglesias se va engrosando por momentos: los divorciados, los teólogos disidentes, los pacifistas, los homosexuales, las lesbianas, los que recurren a la inseminación artificial, los que utilizan métodos anticonceptivos, los pobres que no pueden creer en Dios... Los «pastores» esconden el verdadero rostro de Dios, pactan con los poderosos, con los violentos, alimentándose de lo más sagrado de las ovejas: su libertad de conciencia. En ocasiones lo más sagrado para los «pastores» no es Jesucristo, sino el dinero y el poder. Somos un rebaño multitudinario que ha tenido que huir y dispersarse para encontrar al verdadero Pastor.

No soy el que se encuentra en mejores condiciones para juzgar a nadie, ni lo pretendo. No soy ni mejor ni peor que nadie. Quisiera gritar, y que mi grito llegara al Papa, a los Cardenales, a los Obispos y a todos aquellos que se levantan como guías de los demás: ¡Basta ya de condenar, de despreciar con más o menos sutileza y palabras aparentemente conciliadoras a los que no somos ni pensamos como vosotros! Volved la mirada sobre la humanidad para denunciar realmente la injusticia, el horror, la muerte inocente, la guerra, la opresión, el hambre. Sed vosotros los que os llamais siervos de Dios, los primeros en renunciar a vivir escandalosamente como emperadores, mientras el mundo muere de hambre, de miseria, de desamor o violencia...

¡Obediencia, Castidad y Pobreza! Buenos ideales para unos fines que mayormente sirven para engañar y someter, para no cambiar nada, para permanecer inamovibles siglos y siglos... ¡Pobreza! Si lo que vive la Orden es Pobreza, ¡qué venga Dios y lo vea! ¿Cómo vivirán la mayoría de los Cardenales y Obispos por no decir el Papa? Donde hay más idolatría es en vuestros palacios y curias.

De la Obediencia y de la Castidad es mejor no hablar. De todas maneras este diario ya está plagado de comentarios al respecto.

Convento, 18 de Junio de 1983

Quisiera decir que todo va bien, que todo es perfecto, que he encontrado respuestas a mis interrogantes y que soy feliz. No es así. La soledad que encuentro entre estas paredes es de la misma calidad que la del mundo. Intento explorar los rincones de mi alma deseando encontrar algo que me impulse a vivir definitivamente, a mecerme con suavidad, a descansar, a esperar...

Nos sentimos —me siento— continuamente observados. Esta tarde, mientras hablaba con Daniel en mi celda, los pasos monótonos del Padre Maestro se acercaron por el pasillo y se pararon delante de la habitación en varias ocasiones. No entró. No llamó. ¡Escuchaba...! Me imaginé esos ojillos chispeando, esa boca fruncida por el resentimiento, esas orejas en expansión buscando como un radar mensajes jugosos que transmitir posteriormente al Prior.

Daniel y yo continuamos hablando, haciéndonos silenciosas señas de complicidad acerca de lo que estaba sucediendo, conteniendo la combinación de risa e ira que nos invadía de forma oscilante.

No se realmente porqué lo hice pero..., rápidamente abrí la

puerta... ¡Casi se cae sobre mí! Su sorpresa, vergüenza y confusión me causaron pena, si bien otra parte de mí hacía verdaderos esfuerzos para no desatar a reir.

Con su cara colorada, con su papada oscilante —como el moco de un pavo navideño que busca desesperadamente una salida ante la visión del hacha que ha de cercenar su cuello— escudriñó durante unos segundos que fueron demasiado dilatados alguna explicación, alguna disculpa. Torpemente, sin poder mirarnos a los ojos y rascándose nerviosamente la parte posterior de la oreja derecha, nos comentó que buscaba a Fray Juan para encomendarle un servicio. Tanto su lenguaje corporal como su tartamudeo ponían de manifiesto su inseguridad y la magnitud de su mentira...

Realmente, fue muy torpe. Quizás la próxima vez lo haga mejor, o simplemente pase de largo por delante de las celdas, aún cuando arda en deseos de aproximarse.

Cuando se marchó, Daniel y yo continuamos charlando. Tras muchas situaciones similares, yo había reaccionado de una manera diferente... Dentro de mi se había producido otro pequeño acto de rebeldía, otro más...

¿Cómo puedo ignorar, disimular, aparentar ya que no somos espiados y vivir con el miedo irracional a ser descubiertos en hechos totalmente intrascendentes? ¿Cómo puedo caer en la trampa de hacerme sentir culpable como si, contra toda lógica, estuviera cometiendo un acto irreprochable?

Mi casa. Esta es mi casa. Y por lo que se ve es una casa donde reina la desconfianza, el desamor y un olor indescriptible a mendicidad...

Convento, 19 de Junio de 1983

Los católicos practicantes estamos hablando siempre de Dios y del Amor, olvidándonos con frecuencia de hacer del mundo un lugar digno para vivir todos, en el que cada uno tenga su lugar y su valor más allá de los convencionalismos.

Generalmente, no estamos satisfechos con la religión que se nos presenta, y pedimos a la misma y a la Institución que se nos tome más en serio. El mundo experimenta a la persona religiosa —y con razón por lo que voy descubriendo día tras día— como no feliz consigo misma y sin posibilidad de brindar a los demás felicidad; similar a Prometeo —de la mitología griega—, encadenado sin poder moverse a una roca, atado, no libre, torturado por un águila que le devora el hígado, sufriendo en su interior pena, división, incertidumbre, desdicha e intolerancia... ¿Quién podrá liberarlo de tal tormento?

Se vive la muerte, no la resurrección...

Convento, 21 de Junio de 1983

El jardín se aferra a sí mismo en una lucha desesperada por no desaparecer del todo. Los cuidados prodigados durante decenios han ido disminuyendo según aumentaba la edad de los Padres y se reducía el presupuesto asignado por el Síndico para su mantenimiento.

Hay zonas que parecen pequeños desiertos llenos de tumbas diminutas que por cruces aún sostienen el letrero con el tipo de arbusto, planta o árbol que designaban: Aquí yace la Campanula Isophylla (Campanilla), de la familia de las Campanuláceas...

Los más fuertes, los que no necesitan más cuidados especiales que los que la propia naturaleza proporciona, dan una pálida referencia de lo que este remanso pudo haber sido en su tiempo: olorosos membrillos, vistosos duraznos, llamativos granados, dulces higueras, productivos perales y copiosos olivos... Más allá debieron florecer con profusión hermosos manzanos, victoriosos laureles y palmas triunfadoras, algunos acogedores castaños, dignos cipreses, crecidos robles, verdes alisos por solo mencionar algunos árboles. Las plantas, flores y arbustos prácticamente han desaparecido o han fundido su existencia con las malas hierbas en una simbiosis inaceptable para un jardinero.

La huerta, al fondo de la propiedad, no tiene mejor suerte. Ante el «ora et labora», es más cómodo y económico el «ora et que laboren otros»: los agricultores del pueblo de los que recibimos las más elementales viandas por un precio no poco regateado...

Todo el convento —incluidos los Padres— está impregnado de viejas glorias y esplendores que hoy son decrepitud, abandono y supervivencia.

La única zona relativamente cuidada es la que rodea la pequeña gruta artificial que acoge la imagen de Nuestra Señora.

Como un oasis en el desierto, esta limitadísima área se encuentra plagada de flores de vistosos colores aunque a la figura le falte un brazo, y por lo tanto sea llamada cariñosa —casi irreverentemente—, Nuestra Señora del Muñón...

Con todo ello, es grato deambular por entre los gloriosos restos de este jardín, dejar la mente divagar sobre otras flores, otros capullos en flor que quisiera tener entre mis manos..., sin espinas, por supuesto.

Convento, 22 de Junio de 1983

En el Levítico se encuentra la primera referencia sobre actos homosexuales. Esta parte de lo que ahora es la Biblia fue escrita cuando Israel era todavía una tribu nómada. Es una especie de manual de rituales de purificación, normas concernientes a los alimentos, indumentarias y conductas sociales y sexuales...

Para la casi totalidad de las personas estas leyes y rituales enumerados en el Levítico están abolidos en las prácticas religiosas actuales, con la única excepción de lo que se dice de las relaciones homosexuales. ¿Por qué se escogen estos dos versos Bíblicos para condenarme, sin hacer caso alguno de todos los demás versos?

Israel era una tribu nómada que vivía en los desiertos después de escapar de una reciente esclavitud. Le interesaba crecer en número a fin de hacerse más fuertes y, por lo tanto, la masturbación y la homosexualidad como prácticas frecuentes de control de natalidad de aquellos tiempos no les convenía. Israel, además, no quería asemejarse a los cananeos, que practicaban la homosexualidad como parte de sus rituales religosos a otros dioses. Este acto sexual era una ofrenda a ellos, lo cual disgustaba a los israelitas que lo asociaban a la idolatría.

Pienso que la interpretación de algunos datos bíblicos tiene unas limitaciones que frecuentemente no se toman en cuenta, pero que pueden ser esenciales. Por un lado, las Escrituras están cultural e históricamente limitadas. No es siempre posible entresacar un texto y trasladarlo tal cual a la vida actual y sus circunstancias; por otro, no es siempre apropiada una tesis basada exclusivamente en pasajes aislados, ajenos a su propio contexto.

Para los judíos la homosexualidad estaba relacionaba a la

idolatría y, cuando se menciona la actividad homosexual en el Antiguo Testamento, el autor se refiere al uso que los hombres devotos hacían de los prostíbulos masculinos de que disponía el templo idolátrico.

Convento, 25 de Junio de 1983

Percibo una transformación de la cual no soy demasiado consciente, pero que establece las bases de un equilibrio emocional y una seguridad desconocidos para mí hasta el momento. Aparecen piedras angulares donde hasta ahora había eriales, esbozando una construcción nueva y más sólida dentro de mi espíritu.

Convento, 28 de Junio de 1983

En los periódicos que tenemos a nuestra disposición en la sala de la comunidad, como noticia de primera plana o como referencia de relleno en las páginas centrales, se hace constar que hoy es el «Día del Orgullo Gay». Su existencia no había sido demasiado significativa para mí hasta el momento; no sabía demasiado sobre su origen, no me sentía identificado con él.

Es, a todas luces, una abierta reivindicación y rebeldía ante las instituciones. Leo, y veo como en un momento determinado parte del colectivo homosexual se atrevió a decir ¡¡NO!! No a la opresión, marginación y represión. Atrás quedaron las hogueras, ahora se inicia la autoafirmación.

En 1970 miles de manifestantes inundaron las calles de Nueva York en pro de los derechos gais, considerando que la opresión había llegado a un límite insostenible: treinta y dos personas murieron a consecuencia del incendio intencionado en un bar gay. La policía intentó reprimir esta manifestación y, también por primera vez, los homosexuales y lesbianas no se dejaron intimidar y se enfrentaron a ella. Este gesto se extendió al resto de los estados, e incluso a otros países. Desde entonces se celebra, internacionalmente, el Día del Orgullo Gay: Orgullo de sentirse personas, de saberse individuos que viven sus inclinaciones afectivas y eróticas en equilibrio con su propia conciencia. Estos sentimientos están lejos de ser un exhibicionismo barato, expresan la alegría de sentirse uno mismo, y esto es motivo de Orgullo. Esta alegría traspasa la frontera de lo individual y se hace colectiva.

En España no ha tenido demasiada repercusión. Tenemos miedo, aún. Yo, al menos, lo tendría a salir a la calle y reivindicar mis derechos. No estoy preparado, ni se si lo estaré alguna vez.

Estamos lejos de que este motivo de orgullo halla ganado el corazón de todas las mujeres y varones homófilos. Tampoco las Instituciones Democráticas, a pesar de las múltiples declaraciones en favor de la justicia e igualdad, se solidarizan en la práctica.

Sobre mí aún pesan las cargas que me han impuesto, y no me es fácil desembarazarme de ellas. El orgullo viene del quererse a sí mismo, de la autoaceptación, y yo estoy dando los primeros pasos. Si se, sin embargo, que con el tiempo si me sentiré orgulloso, al igual que ya empiezo a sentirme colectivo y no un ser aislado condenado a la soledad.

Convento, 29 de Junio de 1983

Gracias al diccionario etimológico que tenemos en la biblioteca, he podido aclarar algunos conceptos acerca del adjetivo gay. Parece ser que es un adjetivo de origen provenzal, que pasó al catalán (gai), al francés (gai) y de este al inglés (gay). Al castellano pasó como «gayo».

Tiene diferentes significados, algunos de los cuales ya sabía: alegre, divertido, festivo, simpático, ufano, calavera, disoluto, etc. En los países anglosajones se empezó a aplicar esta palabra, tanto como adjetivo como sustantivo, a los homosexuales.

Pienso que con la aparición de los movimientos de liberación gays, este término ha ido adquiriendo otro sentido, ya que existe la tendencia a rechazar el término «homosexual» por haberse empleado para describir una enfermedad o desorden psíquico designado por la OMS, retirado por la misma hace ya años.

Gay es el homosexual que se reconoce y acepta como tal, y lucha en lo posible para reivindicar sus derechos, cuestionando la sexualidad machista como norma imperante.

Por todo esto, que por distintas fuentes voy descubriendo, me gustaría más acercarme de una forma real al término gay que al de homosexual, pues veo en el primero una mayor aceptación propia, una confianza interior, un sentirse mejor consigo mismo, un estar contento con la propia identidad. Homosexual es un término más peyorativo, aunque más educado que marica, maricón, mariposa...

Convento, 30 de Junio de 1983

Con el diccionario en la mano, sigo buscando algunos de los términos, por lo general poco favorecedores, con los que posiblemente me definirían las *gentes honradas...*:

—«Homosexual»: Dícese del individuo afecto de homosexualidad. // Dícese de la relación erótica entre individuos del mismo sexo. // Perteneciente o relativo a la homosexualidad.

Esta definición me aclara algo lo que significa la palabra homosexual, pero todavía no quedo definido del todo, pues para explicar la palabra homosexual tengo que mirar la palabra homosexualidad que da por referencia:

—«Homosexualidad»: Inclinación manifiesta u oculta hacia la relación erótica con individuos del mismo sexo. // Perteneciente o práctica de dicha relación.

No puedo dejar de interrogarme cínicamente acerca de lo que quiere decir eso de «manifiesta u oculta». Percibo que la definición de homosexualidad o de homosexual tiene algo de no preciso, incluso discriminatorio, pues si busco la palabra heterosexualidad...:

—«Heterosexualidad»: Dícese de la relación erótica entre individuos de diferente sexo. // Dícese de los individuos que practican esta relación.

En esta definición no se dice nada en absoluto de «manifiesta u oculta»...

Cuando entro a analizar otras lindezas como mariquita, marica, maricón, el diccionario me escupe lo siguiente:

—«Mariquita»: Hombre afeminado.

—«Marica»: Hombre afeminado y de poco ánimo y esfuerzo. // Homosexual, invertido.

—«Maricón»: Mas. y fem. de marica, hombre afeminado, sodomita. // Persona despreciable o indeseable.

Dejando aparte julai, julandrón, mariposa bujarrón, etc., estas definiciones resaltan lo que yo, o lo que una persona como yo representa para la sociedad.

Por un lado que esta manifestación de relación afectiva puede ser dada, pero de una manera oculta o manifiesta. En general es oculta, pues no es sencillo nadar contra corriente, reivindicar ante ti y ante los demás tu orientación. Se infiere por tanto que esta relación debe ser ocultada, para reprimirla y no sea un ejemplo social.

Por otro lado la palabra homosexual, que era tener una relación con personas del mismo sexo, se ve relacionada en la definición de la palabra «marica», teniendo como exposición la de hombre afeminado y de poco ánimo y esfuerzo.

Pero donde realmente se deja sentir lo que experimenta la sociedad por mí, es en la definición de maricón, al llamarme persona despreciable e indeseable. ¿Para quién soy indeseable? ¿Por qué soy despreciable? ¿A quién hace daño el amor entre dos personas? No lo se muy bien. Sólo se que durante años y años he asumido estas definiciones de mí mismo como si fueran propias, he consentido que me calasen hasta el tuétano de mis huesos, me las he creído...

Ya no me reconozco en estas y otras muchas palabras. Mi propio criterio, mi propio conocimiento de mí mismo, mi creciente autoaceptación hacen que camine deseoso hacia la palabra «gai», y todo ese nuevo valor lleno de dignidad que encierra...

Julio de 1983

LAS CENIZAS DEL PASADO

Convento, 2 de Julio de 1983

Sus padres le han cuidado y amado lo mejor que han podido y han sabido, y él les quiere como a nadie en este mundo, pero es consciente de que le desconocen... No saben que su hijo no es como ellos piensan, como ellos esperan, que no es como los demás, que le gustan los hombres, que es gay. Deduce que esto sería lo peor que podría decirles. Una parte de sí quisiera contárselo, pedirles ayuda y consejo, apoyo y respeto, no obstante intuye que no recibiría lo que espera, sino más bien rechazo, incomprensión, reproches...

No ha recibido educación sexual por parte de sus padres, como la mayoría de los de su generación. Todo lo descubrió por sí mismo en libros que ocultaba concienzudamente, en conversaciones con sus compañeros de clase no exentas de errores de forma y concepto, en películas, observando... Si apenas recibió una educación sexual conforme a la norma, ¿cómo podía esperar recibirla acerca de una forma distinta de sentir y de amar? Antes de saber lo que realmente era el sexo, antes de masturbarse siquiera por primera, décima o centésima vez, antes de todo ello, él no comprendía el que le gustaran los chicos... Miraba con unos ojos especiales a sus compañeros, a sus profesores, a esos adultos con los que de una manera u otra podía tener relación cotidiana un niño.

Desde que puede recordar, y con el paso del tiempo, encuentra indicios de una latencia escondida. A los once o doce años comenzó a darse cuenta de ellos, pero sin saber lo que suponían. No se hablaba de «eso» en su casa, ni en la escuela, ni en la calle. Sin saber por qué intuía que era distinto, que nadaba contra corriente; y es más, que no podía detenerse y dejarse llevar por las aguas de lo que más adelante conocería como heterosexualidad. A los jóvenes de su edad empezaban a gustarles las chicas, a hablar de ellas, pero ¿a él? Por más que buscara en su interior, el mundo femenino no despertaba en él más curiosidad que los animales exóticos pertenecientes a países lejanos. No le eran cercanas. Sí se sentía atraído en cambio por esos cuerpos desgarbados, que al igual que el suyo, daban muestras de una incipiente diferenciación sexual.

Sobre los catorce años tuvo algunos escarceos torpes y carentes de sentimiento con algunos amigos de su edad, en esa etapa de descubrimiento, comparación e información por la que generalmente pasan muchos adolescentes. En realidad no se consideraban mutuamente más que objetos de mutua masturbación. No sabían realmente que «eso» tenía un nombre y que, en la mayoría de los casos, era una etapa normal dentro del aprendizaje y evolución psicosexual. Los demás fueron siguiendo su camino hacia la heterosexualidad. Él, en cambio, fue marchando tortuosamente por el suyo...

Paralelamente comenzó a buscar a Dios, pues la soledad de esos años le hizo profundizar prematuramente acerca del significado de las cosas, origen, sentido, relaciones y trascendencia... Pasó de los cuentos infantiles a la filosofía, humanismo, ciencias, ensayos... ¡Quería conocer! ¡Quería encontrar respuestas sobre aquello que cada vez le hacía más daño y le generaba más culpabilidad!

Nacido en la Iglesia Católica y con unos padres creyentes pero no practicantes, no encontraba alivio a sus inquietudes. No descubrió durante aquellos traumáticos años claros ejemplos de amor, fraternidad, espíritu de pobreza y comprensión entre los religiosos y sacerdotes. Recuerda la vergüenza que experimentaba cada vez que deseaba confesarse, la búsqueda de una parroquia lo más lejana a su hogar, el estudio minucioso del posible candidato a escuchar en confesión los pecados de pensamiento a los que se enfrentaba.

En una ocasión, escribió sus secretos, pues tal era el miedo y la angustia, que se sentía incapaz de expresar con palabras cómo se sentía. El sacerdote los recogió a regañadientes. No recuerda ninguna palabra de apoyo, consuelo, aclaración...; sólo una penitencia de doscientos Padre Nuestros y doscientas Salves por sentir algo contra lo que no podía luchar. Perdió la cuenta, y cree que su penitencia fue aún más allá de lo exigido. Tenía quince años recién cumplidos, y el complejo de culpa ya se había instaurado en su alma férreamente para no abandonarle durante años.

Creía en Dios, sin saber cómo ni por qué, sin haberlo elegido, sin haber sido educado concretamente para ello, al igual que se sentía diferente sin haberlo elegido. Dios y él, y en medio, más que como puente y enlace, la Iglesia aparecía como el muro que no podía traspasar, escalar o derribar.

Empezó a desear a Dios, a ser consciente de que le necesitaba. Amargamente, pronto fue descubriendo que según la Biblia —o algunas interpretaciones de ella— Dios le rechazaba. Él pensaba: «¿Cómo Dios en su infinita bondad me ha creado así? Yo hubiera deseado ser *normal*. ¿Por qué me creó ya con la marca de la condenación y sufrimiento para lanzarme después al fuego eterno? ¿Por qué?...». Sobre estas preguntas circularon los ejes de su vida convirtiéndose en una obsesión, en una búsqueda ininterminable y desesperada.

Lo único que le quedaba era luchar con todas sus fuerzas contra sus inquietudes y naturaleza, sufrir, reprimir, ocultar, para ver si así podía cambiar y Dios conseguía amarle. Para quien cree en Dios y lo ama no hay nada más duro que no sentirse amado y aceptado por Él. Era como si en una especial relación de enamorados, él sintiera que Dios le daba «calabazas» en cada ocasión en que intentaba acercarse.

La represión le alteraba profundamente, no sólo física, sino psíquicamente. Caía en la masturbación o en la pornografía tras denodadas luchas para luego sentirse el más despreciable, repugnante y pecador de los hombres; indigno sin solución a los ojos de Dios, pues el suyo parecía ser el pecado más grande que podía cometer. Hacía daño a Dios, Él se enfadaba, era estricto, era rígido... ¿Cómo podía amarle?

La pornografía fue durante años el gran consuelo contra la vida homosexual activa, pues a pesar de que sus entrañas ardieran y su ser estallara no buscó un alivio real, no propició aventuras... Cada vez con más fuerza iba deseando algo más que un triste placer solitario lleno de sueños que no podía consentir que se cumplieran.

Durante más de cinco años, por éste y otros motivos circundantes propios de su edad, se vio lanzado a un afán de autodestrucción. Noche tras noche, semana tras semana, mes tras mes, año tras año, hacía propósito de enmienda y cambio. Lloraba en silencio hasta caer rendido tras clavar en su pecho un puñal imaginario que desgarraba su ser. ¡Quería morir! Continuamente trataba de disciplinar su cuerpo, su mente, ignorar que tenía un problema..., pero siempre reincidía. No se quitó la vida por amor a sus padres. ¿Cómo pagarles así? Aunque no lo conocieran realmente, al menos era importante para ellos. No podía hablarles, no sabía como hacerlo. Tomó la decisión de sobrevivir, de vivir, no por él sino por ellos.

Consideraba que disimulaba bien su estado real, su interior. Aprendió a ponerse la coraza que hasta el momento viene utilizando. En algunas ocasiones, sin embargo, su estado anímico era demasiado evidente, y ellos le preguntaban. Para contentar y acallar sus inquietudes les narraba el resto de sus problemas secundarios, escuchaba, ponía cara de naciente esperanza. ¿Por qué no pudo confiar en sus padres? En el fondo lo sabía. Tenía miedo, miedo a perderlos, a que le rechazaran, a que ya no le quisieran. Tenía pánico a perder a los únicos que le amaban... Si los perdía, ¿qué le quedaría?

Siempre se decía cuando se veía deprimido y desesperado, a punto una vez más de clavarse el puñal imaginario que se materializaba en algún momento entre sus manos: «Mañana, espera a mañana. Mañana será otro día. Mañana puede nacer la esperanza. Mañana puedes ser feliz y encontrar lo que buscas. ¡Vive! Eres necesario. Encontrarás un sentido a todo esto.»

En ocasiones esos *mañana* parecían vislumbrarse, pero desaparecían pronto. Nada tenía sentido, no comprendía las estructuras de la vida de los demás, ni mucho menos las suyas... «¿Dónde estará mi lugar? ¿Qué soy yo? ¿Por qué vivir si no puedo ser lo que soy?».

Sí, pacientemente, dolorosamente, pasaron los años de la adolescencia en la que los impulsos eran cada vez más fuertes y se conformaba con menos. No tuvo relación homosexual alguna por miedo, miedo al engaño, a su inexperiencia, al chantaje, al desconocimiento, a su minoría de edad, a la ley, a los hombres... Reconocía que no se encontraba preparado, y que una mala experiencia en aquellos momentos, podía marcarle —aún más negativamente— para toda la vida. Esperaba que su «estreno» fuera hermoso, limpio, honesto, real...

Nunca ha sentido un estímulo sexual ante una mujer. Curiosidad en una época de su desarrollo sí, pero no excitación. No se siente misógino, al contrario, tiene buena relación con las mujeres. No le causan aversión o rechazo. Puede reconocer que una mujer es hermosa, bien formada, atractiva, pero sólo en referencia a un valor estético. Sus mejores amigos, han sido amigas...

Recuerda aquella ocasión —incluso con cierta ternura— en la que acudió a los servicios de una prostituta para intentar enderezar los caminos serpeantes de su líbido. Era una bella y exuberante morena de largos cabellos y labios carnosos. Una vez en la habitación se desnudaron. Su cuerpo habría despertado desaforadas pasiones a cualquier varón. A él, no. Su cuerpo no respondió. Era como tener un saco de patatas entre sus brazos. No logró la erección. ¿Cómo describir la vergüenza que esto le provocó? Escapó de allí preocupado, no sin antes pagar por unos servicios que en realidad no habían sido prestados. En el rostro de la hermosa barragana contempló una burla condescendiente no exenta de celeridad ante la próxima caza de clientes.

Con la convicción de que algo malo le pasaba, de que incluso podía encontrarse enfermo, se dirigió al parque y se sentó a pensar, a regodearse de sus desgracias, a compadecerse de sí mismo. Sin pretenderlo, fijó su vista en un hombre de unos treinta años haciendo gimnasia. En lo primero que reparó fue en el vello que sobresalía por el cuello de su camiseta. Posteriormente valoró todo su cuerpo durante unos segundos. Cuando quiso darse cuenta disfrutaba de una de las más exacerbadas y vigorosas erecciones que llegaba a recordar. Lo que no había conseguido el cuerpo desnudo de una mujer enteramente a su disposición, lo había logrado un poco de vello y lo que le sugería un cuerpo de hombre, lo que se adivinaba en el cuerpo de ese hombre... En ese instante terminó para siempre su irresolución acerca de lo que le gustaba, su desorientación frente a su posible «reciclaje» sexual. Aunque no le agradara, pese a que luchara contra ello, comprendió que no existía cambio posible.

Sobre los dieciocho años la oscuridad fue disminuyendo mínimamente. Conoció unos grupos de oración de una comunidad de base. Paulatinamente escuchó una manera distinta de describir a Dios. Ya no era simplemente «El Ojo que Todo lo Ve» que restallaba su látigo de ira ante el más mínimo desliz humano. Acudieron a él algunos períodos de paz. La tentación suicida se fue amortiguando. Intentó luchar por llevar una vida cristiana según las *normas*, no por medio del cambio de su orientación sexual, sino mediante la sublimación de la misma y la castidad. No habló explícitamente con nadie —ni siquiera con los sacerdotes— de su realidad. Se confesaba de pecados sexuales sin concretar cuál era el objeto de sus deseos. Sus negativas experiencias pasadas no le permitían arriesgarse. En su corazón solía sentir en determinadas ocasiones «el perdón de Dios», pero no se perdonaba a sí mismo.

Ya sabía lo que los confesores le iban a contestar, porque él mismo intentaba recordárselo aunque no le sirviera de ayuda: «¡Es la Cruz, hijo mío, y debes llevarla con resignación! Intenta superarte... Lleva una vida de absoluta castidad que agrade a Dios». Nada de esto podía ayudarlo, al contrario, lo hundía más al no poder alcanzarlo.

Experimentó, a pesar de todo, algún aspecto de Dios en su vida. Aleatoriamente comenzaba a reconocer que Él podía amarle y aceptarle, pero él continuaba sin amarse y aceptarse a sí mismo. Al igual que intentaba renunciar a su homosexualidad, intentó, al no conseguirlo, renegar de Dios, hacerse ateo. No le era posible desprenderse del binomio homosexualidad versus fe.

En esas fechas se enamoró de un chico del grupo con la fuerza del primer amor. El amado tenía veinticinco años, y representaba todo lo que el pobre Miguel no era y deseaba ser... Le quería, le deseaba. Era algo mucho más intenso que una simple atracción sexual: era sentimiento. Descubrió dolorosamente el amor mediante un sueño imposible, ya que el otro era heterosexual. El amado se marchó como seglar a misiones sin saber lo que sentía por él el amante, y éste se quedó con una emoción nueva que agravaba una situación enquistada.

Murió hace ya tiempo... Una parte de mí murió con él, otra permanecerá a su lado para siempre...

Convento, 5 de Julio de 1983

La Biblia apenas se ocupa del tema de la homosexualidad, no hace de ella una reflexión detallada, no separa lo que puede ser una homosexualidad ocasional y la de aquellas personas que se sienten inclinadas de forma imperiosa —psicológica y emocionalmente— hacia individuos de su mismo sexo.

Ni en el Antiguo ni en el Nuevo Testamento se describe el pecado de Sodoma como un pecado de homosexualidad, sino como de falta de hospitalidad. Jesús nunca dijo nada al respecto. Condenados por la Jerarquía, hemos sido víctimas de tortura, persecución, escarnio y muerte. En nombre de una errónea interpretación del crimen de Sodoma, su verdadero delito se ha repetido durante siglos.

Convento, 6 de Julio de 1983

Desde una visión existencialista y casi metafísica de la naturaleza humana me pregunto si es necesario que todas sus definiciones y propiedades hayan de darse irremediablemente en cada uno de los individuos, y si entre dichas definiciones y propiedades debo incluir la heterosexualidad. Si fuera así, ¿por qué esta naturaleza viene a contradecir este planteamiento con mi existencia y la de otros muchos, de una forma tan concreta?

Si la ciencia viene al fin a confirmar que no soy un enfermo o una desviación de la naturaleza. ¿Cómo pueden defender mi antinaturalidad?

Se da por supuesto que la homosexualidad es siempre destructiva para la persona que la vive. Son criterios ajenos que nos juzgan únicamente por las acciones antisociales o infamantes que de vez en cuando se hacen públicas en prensa o televisión. ¿Cuántos llevarán una vida rica y productiva sin necesidad de clamarla a los cuatro vientos o dar publicidad?

Convento, 10 de Julio de 1983

No hay nada especial que contar sobre estos días transcurridos. No he hecho nuevas reflexiones, ni he llegado a reveladoras conclusiones personales. El único acontecimiento a destacar es que están pintando las paredes de la biblioteca tras quedarse diáfana gracias a la pira funeraria compuesta por los libros...

Convento, 11 de Julio de 1983

Juan y yo hemos subido al campanario del convento. Obviamente no es una zona muy visitada dentro de lo que pueden ser nuestras actividades diarias. La transgresión inocente de las reglas, la ruptura con la monotonía, la ingénua sensación de elección individual es lo que ha hecho que una acción tan nimia se convirtiera en una emocionante aventura.

Una desvencijada escalera de madera cada vez más estrecha, con el techo más bajo a cada escalón ascendente, parecía querer intimidarnos. Cada crujido pretendía disuadirnos. Me sentía como un niño cometiendo una travesura, y disfrutaba con ello. Al estar anocheciendo hubo un momento en el que no conseguíamos ver casi nada. Lo peor fue cuando nosotros y unas docenas de palomas nos asustamos mutuamente. Terminamos llenos de cagarrutas frescas, secas, verdes, amarillentas... ¡Un asco! Finalmente llegamos a la cruz del campanario, y lo que vimos nos sorprendió: el pueblo desde una perspectiva distinta, bañado por la luz dorada de un sol agonizante que se reencarnaría en sí mismo a la mañana siguiente.

¿Cuánto tiempo hacía que no comtemplábamos una puesta de sol? Cotidianamente disponemos de esta oportunidad, pero si bien ves, no te paras a ver, a deleitarte ante ese irrepetible juego de colores. ¡Hasta la vieja y resquebrajada campana parecía resplandecer cuando, girando y girando a su alrededor, ocultaba el sol como si de un eclipse se tratara!

Ante esa luz irreal los hábitos de Juan, su rostro, sus manos... cobraron matices mitológicos. Me pareció más bello que nunca, y su contemplación supuso un firme competidor al dios Helios.

Transcurrió el tiempo rápidamente. Cuando quisimos darnos cuenta era ya del todo imposible llegar a tiempo al refectorio, por lo que convenimos explicar que habíamos decidido realizar un ayuno parcial.

A pesar de habernos aseado lo mejor posible alguna cagarruta escapó a nuestra inspección, quizás como prueba acusatoria de una verdad a medias que nadie se molestó en comprobar.

Me he sorprendido a mí mismo siendo feliz.

Convento, 12 de Julio de 1983

No es sencillo, pero al menos he de intentarlo. He de esforzarme en separar lo que es sentimiento religioso verdadero de lo que son —y reprsentan— las estructuras teológicas y éticas impuestas por grupos de presión que se han servido de las inquietudes más puras de la gente para moldear códigos de conducta salvadores que, mayoritariamente, sólo han servido para un beneficio de sus creadores en el ascenso hacia los montes del poder y de las nubes de la influencia social. La trascendencia, cuando es espontánea, no nos condiciona. Si este condicionamiento se efectúa por los que tienen el poder, lo convertirán en justificación perpétua de sus formas dictatoriales y modificarán su valor en aras del poder temporal.

Según la Iglesia aún hay herejes, y lucha contra ellos con los medios que en este tiempo le restan. Los adeptos a las distintas aproximaciones a la teología de la liberación, los colectivos de sacerdotes obreros o casados, laicos que rompen con la castración de la sexualidad, los que pretenden el cumplimiento del Concilio Vaticano II, los divorciados, las madres solteras, etc.: son tan herejes para la Jerarquía como lo fue Giordano Bruno.

Desde distintas partes se intenta conmover un monolito que, al ser de piedra, simplemente podrá conservarse indemne o caer y romperse en pedazos que no puedan, posteriormente reunificarse...

¡Dios mío, ayuda a esta Iglesia para que se dé cuenta de que hay muchos de sus hijos que quieren entrar en ella porque Tú les has invitado al banquete celestial, pero que no pueden hacerlo al encontrarse con las puertas cerradas!... Las viandas del ágape se corrompen en los almacenes sin calmar más apetito que el de los que ya están alimentados.

Convento, 19 de Julio de 1983

El mundo occidental despierta hoy a una realidad que no puede ignorar por más tiempo: que la homosexualidad existe, que no es exclusivamente un aspecto relativamente pintoresco de la Grecia clásica, que tiene rostros cercanos y nombres familiares, entre ellos los míos. Al fin empieza a reconocer que no se suprime la homosexualidad por el mero hecho de ignorarla o negarla. Está ahí.

En algunos sectores de la Iglesia pasa otro tanto: Admite que hay homosexuales, incluso homosexuales cristianos. Según se desprende de sus palabras y de sus hechos, no sabe qué hacer con ellos ya que en la actualidad la hoguera no es el procedimiento adecuado. Somos un grupo molesto e incómodo; pero no me extraña pues, es a la misma sexualidad a la que se ha ignorado, ocultado y desvirtuado. Lo que durante milenios se creyó que estaba irremisiblemente unido a la procreación resulta que tiene sus propios fines y da señales de poseer mecanismos autónomos. Se supone que la ciencia tendría que describirlos y la cultura asimilarlos.

Pero mucho me temo que yo no llegaré a ver el día en que todo esto suceda, en que no se nos considere un grupo aparte, casi ajeno a la especie humana.

Yo creo, a pesar de haber intentado dejar de creer. Yo soy gay, a pesar de haber luchado inútilmente por cambiar. No puedo dejar de ser lo que soy. La Iglesia me tiene por pecador y además, «contra-natura», renegándome los sacramentos por ser «reincidente».

Y a pesar de todo creo, pero no sé qué camino he de tomar. Hay momentos en los que a pesar de todo me siento perdido en un laberinto de palabras y dogmas, cuando todo es mucho más sencillo: Soy homosexual y creo.

Podría intentar prescindir una vez más de la religión y vivir mi vida, pero la añoranza y el remordimiento de lo que aún podría seguir considerando como pecado, me estaría golpeando de vez en cuando. Quizá podría eludir el dilema a base de pecar y confesar, pero es de suponer que con el tiempo no soportaría tanta presión. No, esto sería quedarme donde he permanecido durante años: la culpa, la humillación, la soledad... No, he de intentar como sea integrar mi realidad divina de ser hijo de Dios, con mi realidad humana de ser gay.

Convento, 14 de Julio de 1983

Nueva y esperada visita de mis padres. Perciben el esbozo de un hijo diferente del que dejaron tras estos muros meses antes. No soy capaz de abrirles mi alma y contarles de una vez por todas lo que siento. Pienso lo que es mejor para mí, pero ¿será mejor para ellos? Me respondo que mi vida la he de vivir a través de mí mismo, y no de ellos. Sé que esta reflexión es acertada, pero no la siento. La mente y el corazón no se ponen de acuerdo.

Les miro, y les noto ligeramente envejecidos. Una ternura me inunda y no sé qué hacer con ella más que intentar expresarla torpemente...

Convento, 15 de Julio de 1983

Esta vez a sido el Hermano Dimas el que se me ha insinuado de forma clara y tajante. Al recoger la ropa en el lavadero para posteriormente distribuirla, lo he encontrado con un simple pantalón de deporte. Es comprensible, estamos en verano y el calor que desprenden las secadoras y planchadoras supone un conjunto infernal. Mientras yo ordenaba las prendas en los cestos, Dimas descansaba apoyado en la pared al tiempo que se secaba el sudor con un paño descolorido. Un magnetismo casi animal por poco me entrega a sus manos. Se frotaba sensual y lentamente la frente, el pecho, el vientre, incluso los genitales al introducir su mano debajo del pantaloncillo... sin dejar de mirarme. En esta ocasión no he rehuido la mirada. He sido capaz de hacer frente a su intimidación, y de paso, deleitarme con ese movimiento ambiguo entre el acto de secarse la polla y masturbarse... ¿Ambiguo? Cerraba los ojos, se relamía los labios, autoacariciaba su cuerpo.

La voz del Padre Ramón interrumpió su seducción de manera brusca y fulminante al pronunciar su nombre desde el pasillo. Con mirada ansiosa, Dimas me indicó que me escondiera tras la secadora, un monstruo enorme del tamaño de un armario. Recién ocultado, el Padre entró y al ver a Dimas exclamó:

—Me encanta saber que mi simple voz aún te pone cachondo. Ven aquí que vas a saber lo que es bueno.

¡Y desde luego que lo supo!

Los gemidos, el rumor de succiones diversas, los apasionados azotes se difuminaron entre el siseo de las secadoras a punto de finalizar su programa.

Por los goces que experimento, en esta ocasión sí que deseé

ser Dimas, por lo menos durante los veinte minutos que duró la felación. Cuando acabaron, me di cuenta de que me había corrido con ellos sin siquiera tocarme. El semen no llegó a traspasar el hábito.

Se marcharon. Me retiré. No me sentí culpable.

Más tarde, Dimas me sonreiría con una mezcla de complicidad y agradecimiento.

Convento, 16 de Julio de 1983

En la historia, la religión y la política han estado estrechamente unidas, aún en contra de la advertencia bíblica que manifiesta que todos los gobiernos están bajo el influjo del maligno. La infalibilidad del papa, así como su imparcialidad son cuestiones que me preocupan.

Solamente entre el año 927 y el año 1109 de nuestra era se registra la presencia de cuarenta y dos pontífices, tanto «auténticos» como cismáticos o impuestos por emperadores. Entre ellos se encuentran licenciosos incorregibles como Juan XII (955-964), o Benedicto IX (1032-1045) llamado el pequeño Heliogábalo como referencia al emperador romano de este nombre que fue voraz en el comer. Aparecen también ladrones como Bonifacio VII, que huyó a Bizancio con los tesoros de la Iglesia; nepotistas impenitentes como Juan XV, impuesto por el Imperio; menores de edad tal como Juan XIX, elevado al solio a los doce años. Junto a ellos aparecen papas guerreros, débiles de espíritu o vendidos a lo que ellos mismos desde el poder condenan.

Hablaron de Dios, escribieron encíclicas, convocaron a sus Curias, y si bien su honorabilidad es claramente cuestionada, las desviaciones de sus caminos —en su propio interés y no del Pueblo de Dios— no se han visto definitivamente encauzadas.

De todas formas es muy sencillo dar «en el nombre de Dios» unos consejos, orientaciones y recomendacions acerca de situaciones que dudo comprendan, pues no las han vivido.

La Curia puede que, en ocasiones, coma parcamente, pero de seguro que sus cubiertos son de plata y sus vajillas de delicada porcelana; mientras otros que comen simplemente con sus manos, las ven ausentes de alimento y esperanza.

Convento, 17 de Julio de 1983

No se me ocure nada de especial que contar sobre la jornada de hoy. En todo caso que es agradable dormir semidesnudo como remedio a los calores de estas noches de verano.

Me hago consciente de las posibilidades de mi cuerpo con cada roce de las sábanas o con cada gota de sudor que se desliza sobre mi piel. En mi mente sustituyo sábanas por manos y, gotas de sudor por lenguas. El bochorno se convierte así en algo placentero...

Convento, 18 de Julio de 1983

¡De nuevo los Padres han violado nuestra correspondencia! Cartas abiertas, sobres desgajados, palabras y sentimientos de familiares y amigos han sido expuestos a la curiosidad de aquellos que debieran ser modelo de discreción, respeto y honestidad.

Es una situación ante la cual no dejamos de protestar cada vez más airadamente. No obtenemos otra respuesta que un silencio acompañado de un encogimiento de hombros. Todos los sobres pasan previamente por las manos del Prior. ¿Pasarán por algún sitio más?

Sé que hay tres misivas de mis padres que no me ha entregado. ¿Qué puede encontrar tan censurable en ellas? ¿Qué criterio sigue para —como si fuera un dictador de una república bananera— discernir entre lo que debe o no debe llegar a nosotros? No deja de ser un delito la violación de la correspondencia. Aunque aquí, ¡hay tanta violaciones!

Alguno de nosotros hemos tomado la determinación de pedir a varios conocidos del pueblo (pertenecientes a los grupos de oración) que nos permitan utilizar sus direcciones. Ha sido embarazoso dar las explicaciones adecuadas sin que todo este proceso no tomara matices medievales.

Lo de las escuchas telefónicas es más complicado. No hay solución posible. De todas formas la audición a través de las paredes y puertas sigue siendo el deporte que reina entre los discretos padres...

Convento, 19 de Julio de 1983

Momentos de dulce contemplación, ensimismamiento, oración compartida entre varios hermanos en la capilla. La noche, la oscuridad, la oscilación de las llamas en sus velas, el silencio, los cánones en latín repetidos dulcemente, paz...

Alternativamente, cada uno de nosotros tomamos nuestras Biblias para abrirlas al azar en busca de la Palabra de Dios que estamos dispuestos a acoger en nuestros corazones.

Parece ser que le corresponde a Juan, que entre penumbras levanta la mano para tomar la suya y, de repente, grita ¡Adiós paz, sosiego, recogimiento! ¡Vaya susto! Una rata se había posado sobre la Palabra de Dios, y Juan casi la agarra —a la rata, no a la Palabra...—.

El roedor por los aires, tan asustado como nosotros; los hábitos arremangados cuando nos subimos a los bancos como mujeres histéricas; ...«¡Está en ese lado!» ...«¡No, en el otro!»... «¡Baja tú primero!»..., gestos de asco...

Juan hubiera deseado tener en estos momentos un brazo de tres metros de largo, pues no le parece suficiente la distancia con que aleja su mano del cuerpo a la vez que vuelve la cabeza con repulsión.

Risas, carcajadas; cuesta trabajo respirar. Duele el estómago. Lágrimas tan difíciles de contener como nuestro propio equilibrio quebrado por la hilaridad.

Intentos de volver a la seriedad que, cuando parecen logrados, se rompen abruptamente al contemplarnos mutuamente. Juan comenta que le encantaría poder meter la mano en lejía durante un par de horas, restregarla con un estropajo de oferta.

Subimos a nuestras respectivas celdas, comentando lo valerosamente que se han comportado los soldados de Cristo ante un martirio tan vil y aterrador.

En mi celda, pienso que los caminos del Señor son verdaderamente inexcrutables; ¡Hoy hemos reído!

Convento, 20 de Julio de 1983

El hecho de permanecer en el convento me proporciona la oportunidad de aprender, y aprender mucho. No siempre estoy de acuerdo con los conocimientos que adquiero, y en muchas ocasiones —como hoy— me siento entristecido por ello.

En clase hemos hablado acerca de la tradición de la Iglesia. Nos han mandado un trabajo para la semana que viene, pero yo ya he finalizado una tarea paralela que nunca podré entregar.

¡Horror! ¡Estupor! ¡Herejía! ¡Llamad a la Santa Inquisición para que este desgraciado se retracte de sus declaraciones, se arrepienta y tenga la oportunidad de regresar a la verdadera fe!

El trabajo dice así:

LA TRAICIÓN DE LA IGLESIA

Sí, has leído bien estimado Padre: La traición, y no sólo la tradición. Yo me siento traicionado por vosotros los letrados, los teólogos, los filósofos.

La nueva interpretación de Sodoma que ha perdurado hasta hoy como castigo a la homosexualidad, obedece a Filón de Alejandría. Ese judío no cristiano de la diáspora de Egipto fue el primero en conectar directamente el pecado de Sodoma con lo que siento yo, y millones como yo. Gracias a él, la sodomía aparece continuamente en escritos posteriores judíos y cristianos. También influyó esta nueva interpretación en algunos escritos de Pablo:

Ejemplo, la carta de Judas:

«También Sodoma... por haberse entregado a la inmoralidad como éstos (los hombres del siglo I) practicando vicios contra naturaleza, quedan ahí como ejemplo, incendiada en castigo perpetuo».

La reinterpretación de esta historia por parte de Filón, el historiador Josefo y la Iglesia primitiva se basa en la relación que ellos establecieron entre la «maldad de Sodoma» y la «pervesión de los gentiles». Así, Sodoma se convirtió en símbolo de todas las maldades contrarias a la sensibilidad de los judíos, especialmente la soberbia, la falta de hospitalidad, la injusticia, el olvido de Dios y el pansexualismo.

Pienso que no hay motivos para creer como materia histórica o como verdad revelada que la ciudad de Sodoma fuera destruida por una supuesta práctica homosexual.

Me llama poderosamente la atención el hecho de que los Santos Padres, esas grandes mentes de los cuatro primeros siglos de la Iglesia, se vieran influidos por esta visión del tema de Sodoma en lugar de la exposición hecha por Pablo.

Se remontan al siglo IV los testimonios de la doctrina y legislación de la Iglesia sobre la homosexualidad, fecha del concilio de Elvira (Granada). No varió durante siglos la forma de pensar y, como teólogos más representativos de la Edad Media, no puedo evitar el hablar de Tomás de Aquino.

Él consideraba la sexualidad dirigida únicamente a la procreación. Como tenía un «ramalazo» estoico, añadía además, que toda búsqueda del placer sexual, al margen de aquel fin, iba contra la naturaleza y la razón. El objetivo sexual es exclusivamente la continuación de la especie humana. Todo lo demás, incluso el placer en las relaciones sexuales, era antinatural y pecaminoso. ¡Cientos de años, la mujer ha estado resignada a no tener orgasmos! Mientras, el hombre casi ha sido disculpado al ser su goce inherente a su eyaculación y, por lo tanto, a su función reproductora!

La valoración moral de «antinatural» se apoya en el concepto de «ley natural» de la filosofía de aquel tiempo, heredada principalmente de los griegos. Ya no se puede mantener por más tiempo ese concepto de «naturaleza», pues la biología, sociología, antropología, psicología han aportado datos nuevos.

Si saltamos al año 1975 y leemos la «Declaración sobre ética sexual», comprobamos que nada ha cambiado. Todos los escritos son similares: rehusan aceptar los nuevos descubrimientos científicos referentes a la sexualidad, funciones, opciones, etc.

Pero este encaje de bolillo de doctrinas, filosofías, prácticas jurídicas, consejos pastorales, opiniones más o menos mitigadas por parte de algunos teólogos relativamente avanzados, no responde a algunas de mis preguntas: Si mi homosexualidad no es algo voluntario, si no es algo que yo he elegido, si no es una enfermedad, ¿cómo puede ser «antinatural»? ¿Me habrá otorgado Dios una tendencia, privándome al mismo tiempo del derecho a satisfacerla como una de las más profundas señas de mi identidad? ¿Cómo es que yo, y tantos como yo hemos seguido todos los consejos, tanto científicos como religiosos para «curarnos» y no lo hemos conseguido?

Consejos, consejos, consejos... Se recomienda tener comprensión hacia nosotros, pero: ¿en qué puede consistir tal comprensión pastoral cuando se parte del supuesto de negar mi estructura sexual, que es una de las realidades más tajantes de mi vida?

Nos animáis a «superar nuestras dificultades» e «integrarnos en la sociedad», pero lo que decís realmente es que me vuelva heterosexual. No termináis de admitir que pueda ser irreversiblemente homosexual, y por lo tanto irreversiblemente distinto de lo que queréis, de lo que esperáis de mí. Habéis descubierto que, después de muchos intentos para «sanarnos» —por parte de vosotros, los heterosexuales— es inútil tal reconversión, por no decir positivamente dañina y anuladora.

Vosotros como Iglesia, no me daréis una respuesta a mi realidad si me acosáis con instrumentos filosóficos e ideológicos de siglos pasados. Vivo hoy, en este siglo, no hace mil años. Os pido una nueva visión moral del Evangelio a la vista del mundo que nos proporciona la ciencia moderna. No tengáis miedo a cambiar, sé que cuesta. ¡Decídmelo a mí! Sé que es trabajoso nadar contra corriente, enfrentarse a las críticas y al qué dirán. Muchas veces habéis cambiado de actitud, y acertásteis cuando escuchásteis los signos de los tiempos. Ya no os cuestionáis si los negros son seres humanos y si poseen alma, no pensáis ya que las «Guerras Santas» sean el medio adecuado para defender la fe y evangelizar, ya no afirmáis que la tierra sea plana, ya no apoyáis la esclavitud, no creéis ya que el sol y los planetas giren alrededor de la tierra, ya no toleráis la castración de niños para que conserven sus cristalinas y agudas voces con el fin de que entonen alabanzas a Dios con tonos similares a los ángeles... Entonces reflexionad, y dadnos una oportunidad para crecer a vuestro lado, o ¿acaso somos «esas ovejas que no son de este redil» de las que nos habla Jesús?

Convento, 22 de Julio de 1983

Me gusta Juan. Me gusta mucho. De nuevo me permito confesarlo plenamente y plasmarlo en este diario.

Me deleito ante la contemplación de su cuerpo cuando sube a ducharse tras cortar leña. Cabellos rubios, rizados; ojos azules que invitan a uno a perderse intemporalmente en su mirada; encantadores hoyuelos en las mejillas cuando sonríe, y en su barbilla en todo momento; fuerte, velludo... ¡Me encanta el vello de su cuerpo! ¡Me excita! Quisiera sentirlo entre mis dedos, acariciar su pecho descendiendo lentamente hasta su vientre, sentir el peso de su virilidad en mi mano.

Al hacer mucho calor nos ponemos los hábitos más viejos y pasados (al ser más frescos), y a contra luz, puedo adivinar perfectamente sus contornos, volúmenes y formas. No lleva nada debajo más que los calzoncillos. Disimuladamente le miro, me pierdo en él, le deseo... ¡Y sé que no le tendré! Las semillas germinaron, crecieron, brotaron y es tal el vigor de sus frutos que me siento embargado. ¿Quién sino él podría ser el objeto de este amor? ¿Con quién me he sentido paulatinamente más cerca y he dedicado más tiempo? ¿Quién me ha demostrado un aprecio real?... Juan...

Un pensamiento seductor me anima, pero me digo: ¡No! Aquí no. Una cosa es no sentirme ya culpable por ser gay, y otra muy distinta intentar acostarme con un hermano en nuestro convento. Sé que hay otros que sí lo hacen. Este diario está plagado de comentarios al respecto... ¡Juegos! Quisiera retozar también yo, pero no soy capaz.

Éstos no son, precisamente, los sentimientos y pensamientos de un fraile, no obstante ya no me siento como tal. Me hallo aquí porque así dispongo de una oportunidad privilegiada —a la par que dolorosa— para conocerme aún más a fondo, crecer, ahondar en la aceptación hasta que llegue el momento en que abandone estas paredes para comenzar a vivir. Desde que dejé de luchar dispongo de una paz desconocida, si bien es cierto que mis entrañas y mis ingles se retuercen con más violencia y deseo.

Creo que él también me mira, que en cierto modo me observa. Nuestras miradas se cruzan durante demasiado tiempo... ¿Sospecha algo de mí? Continúa siendo agradable, atento y abierto conmigo. No rehuye mi compañía, acaso la propicia. Sería mucha casualidad que él...

Creo que me estoy enamorando de Juan. ¿Qué repercusiones puede tener esto? No lo sé. Lo que siento es hermoso, me ayuda a dormir por las noches y a despertar mojado por las mañanas.

Convento, 23 de Julio de 1983

Las reacciones que surgen ante la contemplación de lo que se ama no se experimentan en un primer momento como actos voluntarios. Cuando miro un ser querido y amado, cuando miro a Juan, la reacción de amor surge por el amado, no porque yo haya decidido amar.

Convento, 24 de Julio de 1983

Sé que se escandalizarán las *buenas gentes* ante lo que he descubierto mientras oraba: no existe una moral especial para el homosexual. La clave está en que el ideal ético es idéntico para todos los seres humanos, y en que el amor es una invitación universalmente válida. Mi amor más profundo, más íntimo es el que puedo sentir por otro hombre.

Admito que nosotros, como colectivo, no ofrecemos un ejemplar comportamiento moral, pero nos tienen que admitir que, en primer lugar, hemos de tener conciencia de nuestra propia identidad, y que semejante tarea es laboriosa y complicada. Nos podemos equivocar, pero estos son nuestros errores, nuestras caídas de un extremo a otro. Estamos aprendiendo a ser como somos, y lo cierto es que la sociedad no nos proporciona un modelo válido para ello, ni psicológica ni conductalmente. Sería positivo que intentaran en lo posible respetar este proceso de maduración. Es un disparate y una injusticia pedirnos una perfección que nunca ha conseguido el resto de la llamada *humanidad normal*, sobre todo habiendo sido objeto de una represión tan encarnizada.

Se nos llama frecuentemente histéricos o neuróticos, pero pienso que no es la homosexualidad misma lo que implica tales patologías. El rechazo social interiorizado puede explicar el porqué se puede caer en la adicción sexual compulsiva como si de una droga se tratara. Lo entiendo así, porque todos estos años de intentar reprimir lo que siento causan en mi interior la sensación de ser como una olla a presión que puede explotar y desbordarse sin límites. Una parte de mí aspiraría a que sucediera y recuperar el tiempo perdido, esas caricias que nunca sentí hasta ahora, esos besos que jamás llegaron, esa ternura que no llegué a expresar.

Sé que no tengo asumida del todo mi condición, sin embargo es el primer paso para sentirme a gusto conmigo mismo, y alcanzar esa paz que busco. No soy una desviación, sino una variación de la naturaleza. Si no me acepto a mí mismo nunca llegaré a tener tranquilidad. Si no sé quien soy no puedo escoger mis propios caminos, incluido el moral. He de conseguir el equilibrio necesario para funcionar como un verdadero ser humano, adquirir fuerzas para afirmar mi condición ante la sociedad. Sé que esto no lo podré llevar a cabo en todo momento y ocasión, ya que ante todo hay que ser prudente. Tampoco deseo pasarme, y ser el primer santo «mariquita» canonizado por la Iglesia, aunque supongo que alguno pudo ya pasar por la criba de la beatitud.

Me gustaría en el futuro definirme como gay, y no sólo como homosexual, pues me parece distinguir unas sutiles diferencias. Quisiera considerarme afortunado por poseer una capacidad para ver en algunas personas una romántica belleza; esto significaría que me sentiría lejos de la vergüenza, la culpa o los remordimientos por el hecho de tener una orientación sexual que no he elegido.

A pesar de lo que imparta la Jerarquía, pienso que estoy invitado como cualquier otro creyente al amor que Jesús vivió. Esto supone el respeto al otro, la generosidad, la entrega. Tan infundado es pensar que por ser homosexual estoy incapacitado para el amor, como asegurar que estoy especialmente preparado por el hecho de ser más afectivo que la mayoría. Una vez más tengo miedo a no encontrar el equilibrio, a las dificultades, a mi inexperiencia, a mi ingenuidad, a mi idealismo, al posible ligue frecuente, al SIDA, a la promiscuidad propia y ajena, a la obsesión por el contacto sexual, al arrebato de los enamoramientos, a la inestabilidad afectiva, al posible fracaso de mi potencial relación de pareja, a la soledad... No quiero caer en la falsa y errónea impresión de vivir bajo una maldición o pecado original propio de mi gremio que me inquiete la conciencia, me traiga complejo de culpa o me enfríe la fe.

Necesito más que otros las manifestaciones de cariño, ya que no las puedo recibir de quien deseo. Necesito palpar el afecto tanto más copiosamente cuanto de manera más tajante me ha sido negado. En ocasiones me siento más víctima que causante de los males y dudas que me acosan.

Estoy seguro de que ante Dios no voy a ser juzgado por ser homosexual, sino en todo caso por la forma en que lo viva. Caería en responsabilidad moral cuando, como cualquier persona, rebajara la dignidad del otro en una deshumanizada búsqueda de placer o de afecto; si lo redujera a objeto puro de mi pasión o, quizá peor, cuando disfrutara sólo, como un explotador a costa de la dignidad del otro. Sería un degenerado si me aprovechara del sufrimiento o de la necesidad del otro para colmar mis deseos.

Tengo la esperanza de ir superando la inestabilidad. No creo que constituya un fallo moral de mi persona, pues, como la pobreza, la homosexualidad también es fruto de una injusticia social institucionalizada. Es cierto que mi condición de *marginado* me ha ayudado a comprender a algunas personas que sufren problemas distintos a los míos, a no juzgar demasiado, a ser más tolerante en algunos aspectos. Lo que pasa es que muy a menudo una circunstancia concreta me golpea, y todos los buenos propósitos escapan como ratones asustados.

Convento, 26 de Julio de 1983

Fray Dimas ha intentado esta vez coquetear con Juan, y por poco me siento morir de celos. A pesar de haberse mostrado indiferente a sus insinuaciones, mientras creían encontrarse solos en el pasillo —yo les observaba escondido—, me siento terriblemente mal.

No había pensado que alguien más se interesara por Juan, a pesar de ser una posibilidad realmente lógica, pues es uno de los más guapos del convento. Tampoco imaginé, ni remotamente, que Juan se hubiera podido interesar por otros, pues en principio le creo heterosexual. Pero en caso de que no lo fuera, ¿y si alguien se ha adelantado? ¿Puede incluso tener ya relaciones? Los celos me han supuesto una cura de humildad. Él no me pertenece, ni me pertenecerá. Es un afecto platónico, porque no puede pasar a ser aristotélico por más que lo desee fervientemente.

Dimas parece ya la puta del convento...

Más tarde

Juan, percibiendo algo extraño en mi comportamiento, ha estado especialmente pendiente de mí. No era ese, desde luego, mi objetivo, sino más bien el intentar disimular lo que sentía. El caso es que las sombras se apartan, el ardor de mis celos disminuye y, en mis fantasías, sigue siéndome fiel aunque él no lo sepa.

Sus ojos estaban especialmente azules.

Convento, 27 de Julio de 1983

El mundo espetará que me aparto de las normas, la Iglesia me escupiría que es pecado, pero sólo Dios podrá dar el verdadero valor de lo que pesa mi alma. Él es, en realidad, más «humano» que ningún hombre, y si en ocasiones nos asombramos de la benignidad de juicio y respeto de algunas personas para sus semejantes, ¿qué no nos ofrecerá Dios?

Ya no me considero indigno, sucio, apartado, marginado, rechazado, porque he encontrado mi honestidad en mi individualidad y no en la masa. Sé que cuando salga del convento mis teorías chocarán de nuevo con inéditas realidades, que durante algún tiempo seré voluble, que tenderé a recuperar el tiempo perdido junto con los besos y caricias aún no experimentados. Se abre ante mí un mundo tan pleno que, en ocasiones, tiemblo y recelo que sea un sueño más de libertad. Es cómodo teorizar desde aquí.

Durante años he sido una persona incompleta, he estado escapando de lo más profundo y personal de mi intimidad. ¡Hoy soy uno!

Madrid, 28 de Julio de 1983

Me encuentro en Madrid, en casa de mis padres. He de resolver unos papeleos acerca del servicio militar.

Hace tiempo que no duermo en la que fuera mi habitación. Estas paredes me son cercanas y lejanas al mismo tiempo. Las reconozco, son familiares, pero ahora aparece en mí un ambiguo sentimiento de pertenencia.

Contemplo las cortinas; inspecciono la mesilla de mi cama, chamuscada en varios sitios por la combustión descuidada de postreros cigarros; examino los libros que no pude llevar conmigo, los pequeños recuerdos de alegres viajes de mi adolescencia. La misma lámpara de la mesilla —testigo de tantas y tantas horas de lectura furtiva hasta bien entrada la madrugada— me parece extraña. Ha formado parte de mi vida durante años, es familiar, pero ya no la siento mía. ¿Qué es lo que sucede? ¿Qué es lo que siento? ¿Fui yo quien decoró esta habitación?

El cuarto —saco en consecuencia— no ha cambiado tanto;

al contrario parece un santuario de mis años pasados... Entonces, ¿qué ha pasado?... Soy yo el que ha cambiado. Ésta era la habitación de un niño, de un adolescente lleno de soledad y quimeras. Ahora, soy un hombre, y si bien esta alcoba es parte de mí, lo es también ajena a mi presente.

Añoranza, melancolía, cierta confusión, algo de tristeza ante el recuerdo de tantos sufrimientos íntimos y personales. También ternura...

En cierto modo el cuarto me llama, me susurra que me hecha de menos. Los libros me piden que los hojee; las figuras, ser tocadas; los peluches ser acogidos en mis brazos para no pasar miedo durante la noche. Cada objeto me grita que no le olvide, que no muera en mí. Algunos de ellos lo hicieron momentáneamente; otros se desdibujaron en mis recuerdos.

Pronto regresaré a mi casa. De nuevo mi habitación se llenará de mí, de mis tactos, de mis miradas, de mis olores. Mientras tanto me espera en forma de mausoleo.

Agosto de 1983

LOS DIFUNTOS DEL MES

Convento, 1 de Agosto de 1983

Últimamente me siento incómodo ante la presencia de Daniel, ya que me suelta unos discursos interminables que, en la mayoría de los casos, no puedo compartir plenamente. Se ha vuelto inhumano bajo la apariencia de dulce humanidad. ¡Todo es Dios! Se ha subido a la nube de la contemplación y ensimismamiento olvidándose de las debilidades del hombre, su conciencia, su libertad interior... Creyendo que comprende al mundo, no lo comparte y, por lo tanto, no es capaz de dar esperanza. Piensa que todo lo que hay que hacer, al ser instrumento de Dios, es permanecer quieto y permitir que sucedan las cosas. Yo pienso que, en algunos aspectos, nosotros tenemos que movernos y actuar, porque Dios no nos va a dar nada hecho. Vivimos la misma fe de formas diferentes, y en cierto modo es enriquecedor.

Acepto por fe muchas cosas, si bien otras, sumamente importantes, no las puedo dejar de analizar, discernir, cuestionar. Busco esperanza, felicidad, una sincera y personal relación con Dios y nadie me lo puede reprochar.

Convento, 3 de Agosto de 1983

El Padre Octavio, el más anciano del Convento, ha aparecido muerto en su celda a los noventa y cuatro años. ¡Sorpresa! ¡Estupor! ¡Ha muerto! Lo extraño no es que haya fallecido, sino que viviera hasta ahora. El convento se encuentra inusitadamente revolucionado, conmocionado por este fatídico hecho. A pesar de todo, los Padres y Hermanos me recuerdan a las plañideras de lejanas tribus que gimen porque es lo que se espera de ellas.

¿Qué decir de él? Le veíamos poco. A pesar de su adustez despertaba cierta simpatía, tal vez por la tenacidad con la que se aferraba a la vida. Simplemente deseaba que se le mostrara el respeto y el afecto que pretendía haberse ganado con los años. Es posible que fuera el más interesante de los Frailes. De no existir tanta reverencia, hubiera sido cautivador sentarse a sus pies y escuchar sus innumerables anécdotas y batallitas en las misiones como si de un abuelo propio se tratara. Ambos habríamos disfrutado.

No tenía familia. No hay nadie a quien llamar. Sus parientes éramos nosotros, y temo que por unos y por otros, a pesar de todo, se sintió resignadamente abandonado en sus últimos años.

Tras el reconocimiento y posterior certificación del forense se ordenaron los preparativos. Junto al Padre Maestro, Daniel y yo tuvimos el dudoso honor de lavar y amortajar el cadáver. Su viejo y liviano cascarón fue muy manejable a pesar del *rigor mortis* que se manifestaba por momentos. Quizá demasiado manejable. Temíamos romper algunos de sus descalcificados huesos, como si aún pudiera protestar por algo. Intenté sentir algo especial y, en contradicción, también deseé alejarme de cualquier emoción, distanciarme de lo que estaba ejecutando. Nunca había tocado un difunto, y mucho menos amortajado. Ese voluptuoso e inesperado encuentro con la muerte me confundió.

Es cierto que el cuerpo sin vida es helado como el mármol; parece increíble el cómo puede asemejarse, en esos momentos, a un pollo congelado.

Despojado de los hábitos para ser lavado con toda solemnidad, parecía un gorrioncillo. Me daba pena. Me daba pena la muerte. No me creí capaz de realizarlo, pues a pesar del relativo distanciamiento emocional que pretendidamente podía facilitarme tal acción, los escrúpulos, el miedo, el sobrecogimiento no se enterraron del todo.

Listo y preparado como para una boda —en la que su nueva novia fuera la muerte— se encomendó a otros hermanos el instalar la capilla ardiente para que fuera velado, según la costumbre, durante una jornada entera, antes de ser enterrado en el cementerio-jardín.

En su féretro, con la luz fantasmal y fatua de los cuatro velones que le guardaban, su imagen fue mucho más aterradora. El cuerpo se veía acorchado y deformado de hora en hora. Una dentadura postiza asomaba, cada vez con más audacia, de entre las finas y resecas comisuras de sus labios. Uno de sus ojos —el izquierdo— se abría paso, como un higo deshidratado, desde sus párpados. Transcurridas doce horas, el olor era ya perfectamente inconfundible... Entre oraciones de muertos, novenas por su alma, rosarios monótonos y maquinales, pávilos oscilantes, campanas tocando a muerto y flores perfumadas, comencé a apreciar lo que era la muerte. No me gustó lo que sentí. La perspectiva desde la lozanía, de una muerte segura en un instante indeterminado, me sobrecogió. La visión real y directa del fin de la existencia incita a reflexiones indefectibles acerca de esa cita a ciegas de la cual quisieras escapar.

La noche se hizo larga, muy larga; monótona, muy monótona; aburrida, insoportablemente aburrida.

Posteriormente —ante la fosa abierta en el cemenerio y la desaparición de la caja bajo las paladas de tierra húmeda— me conciencié de su desaparición para este mundo. Podredumbre, gusanos, carne corrompida, huesos mondos y lirondos como visión estremecedora y repulsiva me sobrevinieron. ¿La vida se reducía a eso?

Una posible explicación de la fe es la de función de válvula de escape ante la insoportable posibilidad de desaparecer para siempre. Necesitamos, deseamos la trascendencia. Sin la fe el sentido fatalista de la vida parece casi inevitable. La creencia en la vida eterna da posibilidad a la esperanza, a no desaparecer del todo, a esperar una justicia que no se nos ha concedido estando vivos.

Estoy demasiado cansado como para contar como fue la Misa de Difuntos. Basta decir que fue eso, una misa de difuntos, y que al mirar a mi alrededor comprendí que el óbito que habíamos despedido no era el único que se encontraba entre nosotros..., que había otros que no eran conscientes de carecer de vida. Entonces sí, un escalofrío recorrió todo mi cuerpo como si me hubiera traspasado un viento gélido. Oré con todas las fuerzas de las que me sentí capaz.

A estos muertos sí les tenía miedo, mucho miedo. Estos sí que me podían hacer daño...

Convento, 5 de Agosto de 1983

La vida es demasiado corta. He perdido ya los años de mi niñez, adolescencia y parte de mi juventud en procesos que no me han aportado nada. Un renacer se produce en mí junto a unos impetuosos deseos de vivir.

Miro a Juan, y me duele la certeza de que esa belleza desaparecerá, e incluso será pasto de gusanos. Pienso en mis padres, y me es insoportable la imagen de un futuro sin ellos, por muy «ley de vida» que sea. Me miro a mí mismo, y me propongo cuidar de mis días como un regalo valioso.

Convento, 7 de Agosto de 1983

Hoy es un día que parece tranquilo y relajado. Me siento optimista. ¿Cuánto durará? No lo sé, por ello he de absorver estos preciosos instantes para reflexionar en la luz, antes de que se abatan sobre mí las cíclicas tinieblas.

Construir algo nuevo es más complicado que destruir lo que ya no tiene utilidad, pero no por eso he de desistir de edificar. No puedo mantener, como hasta hace unas semanas, una actitud negativa, no puedo pretender bajar a los detalles con la famosa casuística; no he de admitir por más tiempo una moral espiritualista contraria a los impulsos de mi cuerpo. Todo esto debe ser solamente el pasado...

El mismo Dios del Sinaí, que formuló los famosos «No Harás Esto, o Lo Otro», cambió su actitud hacia el hombre cuando dijo por el profeta:

«Meteré mi ley en sus pechos... y ya no tendrán que enseñarse unos a otros diciendo... tienen que conocer al Señor.»

La ley pasó a ser más persuasión de conciencia que algo impuesto desde afuera. La ética está sostenida por valores ideales que tienen fuerza y significación para todos los siglos; pero estos ideales han de aparecer de una forma nueva y distinta para cada época de la historia. Abraham creyó cumplir con el ideal de justicia de su tiempo tratando bien a su esclavo, mientras que hoy no se admite que un hombre sea amo de otro hombre. Por ello pienso que la moral es relativa, un proceso dinámico en muchas de sus vertientes.

La sublimación de la homosexualidad se me antoja un privilegio de pocos, que además tienen que pagar el alto precio de la frustración. Si castrara mi sexualidad por más tiempo perdería la capacidad de comunicación, y apartaría la fuerza para desarrollar el auténtico amor, aunque supongo que la sexualidad no está ligada necesariamente a la comunicación o a la entrega al otro. Creí que podía reducir lo sexual a lo corporal. Mi sexualidad está tanto en mi alma como en mi cuerpo, reside tanto en mi psiquis como en mis sentidos.

Convento, 9 de Agosto de 1983

Me siento triste, desconsolado. Yo no quiero llegar a tener un fin así. Intuyo que mi futuro ya es otro.

En uno de los periódicos de la comunidad he leído una pequeña noticia:

Joven de veintiún años se suicida arrojándose desde un décimo piso.

Me he sentido identificado con su soledad, sus dudas, sus miedos, su desesperación: Era homosexual. ¡Qué triste es que la Iglesia, los amigos, la familia no sepan lo que pasa con los que tienen a su alrededor! No sospecharon, tal vez, que uno de los suyos fuera como yo; no se explicaron el porqué de aquellas crisis en una persona «tan buena», «tan formal»; su drama personal era un misterio.

Recuerdo que de muy niño no era totalmente consciente de mi contradicción. La vivía como compañerismo, acaso como admiración por el héroe de la película de aventuras. Luego sobre los once o doce años, la descubrí y cuanto más la negaba, más fuerza cobraba. También desvelé mi choque con la mentalidad machista de la sociedad. Continuamente me recitaban frases como «los hombres no lloran», «eso es cosa de niñas», «no solo hay que ser hombre sino parecerlo» y otras muchas más con las que me intetaban inculcar que exclusivamente existían dos maneras de ser, dos papeles sociales en el mundo. Entonces vino el drama, mayor incomprensión de mi mismo, más dudas, más confusión; no lograba identificarme con ninguno de los dos, yo me sentía de «otra manera».

Pasaron dolorosamente los meses y los años, enterré mi

sexualidad como si fuera un cadáver horrible, descompuesto, lleno de gusanos y podredumbre. Lo malo era que por más tierra que echara, cobraba vida propia entre mis piernas; se levantaba como un vampiro dispuesto a pasar al mundo de los vivos. ¡En cuántas ocasiones me esforcé por anular a ese monstruo para fracasar reiteradamente! Ese engendro poseía vida propia y no se resignaba a morir; se proyectaba bajo la forma de unos ojos que sostenían la mirada unos segundos más de lo cortesmente aceptado; se materializaba ante mi como una cascada de vello negro y rizado sobresaliendo de una camisa desabrochada...; resucitaba cuando en el autobús, en el cine, en el instituto, se producía un roce casual entre dos muslos, entre dos hombros.

Con el tiempo el zombi, en lugar de pudrirse totalmente, se fue regenerando a sí mismo. Reflejó sus carnes corruptas en pieles y músculos seductores, transmutó su cadavérica faz por miles de rostros atractivos... Se convirtió en bello y deseable a medida que pasaba el tiempo, y más pena, rabia y resentimiento me daba sepultarlo, sepultar mi sexualidad.

Hasta hace poco no dejé salir a este pobre muerto viviente. Resolví enfrentarme a su inmortal existencia. Comprendí que nunca dejaría de acosarme. No significó que abandonara mis tendencias autoexterminadoras, sino más bien el ser consciente de su inutilidad.

En la adolescencia, en el instituto, en la pandilla, se sumaron nuevas dificultades. Se me preguntaba por «mi pareja» —naturalmente del otro sexo—, mientras yo pensaba en mi «príncipe azul», que en caso de aparecer, nunca tendría posibilidad de presentar en sociedad.

Hay en mi una fiebre. Deseo enfrentar el desafío, llegar al estallido de la represión acumulada, encararme con todo lo que me ha oprimido, lo que me ha impedido manifestarme ser como soy.

Quiero que mi «muerto viviente» y yo experimentemos lo que es yacer junto a unos cuerpos similares a los nuestros.

No, no quiero que mi nombre pueda aparecer en un periódico por no haber sabido superar mis miedos.

Convento, 11 de Agosto de 1983

Románticas sospechas me despierta la lectura de la historia de David y Jonatán en el Antiguo Testamento. Jonatán era hijo del Rey Saúl, y David el hijo de un simple pastor de ovejas y cabras. Cuando se refieren a él, le definen como un hombre bello, de ojos y faz agradables, poseedor del don de la palabra.

Saúl lo llama con el fin de que entre a su servicio tocando la lira. Cuando David y Jonatán se encuentran por primera vez, la misma Biblia dice:

El alma de Jonatán se prendó del alma de David y le amó como a sí mismo.

Cuando David recibe la noticia de que su amigo ha muerto en combate, compone esta elegía:

Sufro por ti, hermano mío Jonatán.
¡Tu tenías para mi tantos atractivos!
Tu amor era para mi más maravilloso
que el amor de las mujeres.

Estas palabras que, inexplicablemente no han sido purgadas de los Libros Sagrados por su ambigüedad, me hacen reflexionar que suponen algo más; que son demasiado viscerales como para tratar de explicar el inicio y el final de una fuerte amistad. Suponen un hermoso canto a la libertad de afecto.

Más tarde

No puedo apartar de mi mente esos presuntos amantes bíblicos presentados en la actualidad como muy buenos amigos. Sea como sea, despiertan mi ternura, y una insondable sensación de solidaridad.

Convento, 12 de Agosto de 1983

A estas alturas de la estación, el jardín se encuentra totalmente agostado. La permanencia en sus rincones y el tránsito por sus senderos ya no son gratos, sino sofocantes. ¡Calor! Sólo permaneciendo en le interior de estas gruesas paredes se puede estar relativamente fresco, lo cual da, por contrapartida, poca ocasión para el esparcimiento, ya sea íntimo o comunitario.

Las temperaturas oscilan entre los cuarenta y dos y cuarenta y cinco grados.

Convento, 14 de Agosto de 1983

Dos connovicios más nos abandonan: Fray Marcelino y Fray Guillermo. Sus rostros no mostraban tristeza alguna por esta decisión. Siento envidia, pero aún debo permanecer aquí. No es mi momento por mucho que lo desee.

Quedamos nueve de los catorce que iniciamos esta aventura en las procelosas aguas de la vocación. ¿Cuántos llegarán a convertirse finalmente en sacerdotes?

Al haber sido educados como internos en el Seminario Menor se esperaba que siguieran un camino y una meta propuestos por otros. Ahora prima lo que desean ellos mismos frente a lo que pretendían sus padres biológicos o sus padres espirituales. Todo ha quedado atrás como un mal sueño... Han decidido que son libres para elegir.

Deseo que encuentren lo que buscan, y que no se dejen nunca más influir por las expectativas de unas vidas ajenas a las suyas.

Convento, 15 de Agosto de 1983

Han venido mis padres a visitarme. No he podido contener mi alegría. Intuyen mi futura decisión a pesar de que mis cartas han sido relajadas y mi conversación desenvuelta. Pronto tendré que hablar con ellos sinceramente y contarles que, una vez más, he cambiado de opinión respecto a lo que quiero hacer con mi vida. Mientras tanto, recibo su amor con ansia, pues es el único con el que cuento en estos momentos. Hay otro amor que recibo y expreso de una forma indefinida y que no se como designar...

Convento, 16 de Agosto de 1983

Estoy convencido. Realizado un balance sobre estos últimos meses, me siento absolutamente seguro de mi decisión. No puedo unirme, pasarme a un sistema falso y corrompido. No deseo vivir y ser con ellos. No quiero ser un Padre Ramón que a sus casi sesenta años va detrás de las faldas de algún Hermano más joven.

Brusquedad, rencores, tristeza, dureza, frialdad, abuso de poder, imposturas... ¡Y desean que sigamos su ejemplo! Se consideran sabios que han acatado las «normas». Rehuso aceptar la existencia de un Dios y un Cristo que no den felicidad, gozo, paz, dignidad a través de sus Ministros. He de beber del origen, de la fuente...

Se que ellos han sufrido persecución durante la guerra civil, tortura o encarcelación...; conozco la extrema dureza de sus años misionales. ¿No tendrían por lo tanto que ser más comprensivos y humanos al haber compartido la Cruz?

«Por sus frutos les conoceréis». Los frutos son, en muchas ocasiones, demasiado contradictorios y amargos... ¡*Ecce homo!*

Convento, 17 de Agosto de 1983

Nuevamente he escrito una carta a mi familia confirmando el cambio de remite: el de un amigo del pueblo que está dispuesto a hacerme el favor. Sin saber bien el origen de mi acción, he guardado el borrador:

Queridísimos padres:
A pesar de que nos hemos visto hace poco, he decidido escribiros; deciros simplemente —una vez más— que os quiero, que os quiero con todo mi corazón. Nunca podré dar demasiadas gracias a Dios por vosotros, por aquellos que me han dado su vida, su tiempo, su afecto...
¡Gracias! Se que no hace falta que os las de, pero en ocasiones es necesario decirlo, y supongo que también escucharlo.
Empiezo a volar sólo en el desconocido rumbo de mi vida. Tengo más deseos de vivir, amar, ser libre, asumir mi propia vida que nunca...
Supongo que no lograréis comprenderlo del todo... ¡Estoy descubriendo tantas cosas que no se cómo enumerarlas!
Tengo que empezar a tomar decisiones en mi vida, tengo que controlar mis pasos de verdad. No se si permaneceré aquí, en el convento. Posiblemente no. Se que este es el comienzo de mi vida, de una existencia distinta en la que tengo que aceptarme sin pretender ser

mejor de lo que soy, sin ambicionar dar más de lo que puedo entregar, pero tampoco menos de lo que tengo.
 Besos muy fuertes en el papel que ya os daré personalmente cuando nos veamos.
 ¡Que Dios os bendiga, aunque ya sois de por sí una bendición para mí!
 Os quiere vuestro hijo:

MIGUEL

Convento, 18 de Agosto de 1983

Raúl, el novio que amaba tiernamente a su padrino de bodas se ha pegado un tiro en la cabeza con una escopeta de caza. Toda la familia —especialmente su esposa— se encuentra desconsolada por tan trágico «accidente».

El que fuera su padrino de bodas, su amante —que no reside ya en el pueblo— puede que regrese para las exequias. Se acercará como un callado enamorado que ha perdido, esta vez definitivamente, a su compañero sentimental.

Por el momento nadie se cuestiona abiertamente la extraña coincidencia de tantos acontecimientos. A Raúl no le atraía la caza. Carecía de escopeta...

Convento, 19 de Agosto de 1983

La heterosexualidad me es ajena. Mi propia sexualidad me resulta un misterio. ¿Qué decir del lesbianismo? Intento imaginar lo que pudiera ser el reverso de una misma moneda, el disco acuñado de la atracción hacia personas del mismo sexo.

La mujer lesbiana ha pasado más inadvertida que el homosexual varón, o al menos eso creo. Desde el machismo, como criatura de segunda categoría, como sexo débil y como lesbiana, la religión no le ha prestado especial atención, no la ha perseguido concretamente por la sociedad dominante. Pareciera que no existen... Puede que esto se deba a que la lesbiana no suponga un desafío significativo para el varón. Muchos hombres pueden sentir la orientación u opción lesbiana como la elección de un ser insignificante por otro ser insignificante.

¿Cómo intentarán romper sus propias ataduras a unos roles que no significan nada para ellas? Hoy por hoy ni siquiera puedo especular. Intuyo que sus caminos son paralelos a los míos, más desde la psicología y fisiología existen grandes diferencias a la par que numerosas similitudes.

No tengo conocimiento, no tengo información válida sobre mi homosexualidad. Sólo me tengo a mí mismo. ¿Cómo podré escrutar los sentimientos de estas marginadas compañeras de viaje?

Ahora que lo pienso, el lesbianismo no debe ser algo desconocido en los conventos femeninos. ¿Tendrá también connotaciones tan catacumbales? Mucho me temo que sí...

Convento, 20 de Agosto de 1983

La paz es un pequeño pájaro de alas inquietas que de vez en cuando se posa en mi pecho. Hoy lo ha hecho. No debo espantarle haciéndome preguntas hipotéticas. He de permanecer sosegado para que ningún movimiento le incite a desplegar sus alas, levantar el vuelo y buscar pechos más acogedores.

El destino me ha traído aquí para enfrentarme en soledad a mi identidad como hombre. Mayor que el don del sacerdocio puede ser para mi el don de identificarme a mi mismo. Duele permanecer en la Orden, sin embargo se van produciendo frutos que posiblemente en otros lugares no se hubieran dado al no tener la necesidad de tomar decisiones concretas.

Convento, 21 de Agosto de 1983

Estoy mal. El pájaro se ha asustado bruscamente. Ha volado. Esta tarde, mis nervios y los de Juan estallaron formando una bonita gama de fuegos artificiales. Nos consumió a nosotros mismos.

El Padre Maestro nos llamó a gritos para ensayar los piadosos cantos de la misa de mañana. Su alteración no permitía tardanza alguna, mas varios de nosotros no conseguimos, según parece, acudir con la solicitud requerida. Cuando llegamos a la sala de música nos reprendió duramente delante de todos con comentarios ácidos que no tenían coherencia entre sí. A pesar de no formar parte del grupo de los reñidos, Juan se levantó y se marchó dando un fuerte portazo, no sin antes dirigirme una mirada apesadumbrada.

Durante toda la clase se dedicó a arrancarnos largas tiras de piel con cada conjunto de palabras que escupía por la boca. Tras tantas celeridades no hubo ensayo alguno. Agotado el tiempo y amainado el chaparrón nos dispersaron para que nos retiráramos a nuestras celdas.

Lloré como hacía tiempo que no lo hacía. No me gustó revivir este estado emocional, empero me entregué a el sin reservas. No preponderó el que varios de nosotros tuviéramos diarrea, sólo pareció importar ser puntual aunque, como en mi caso, me lo fuera haciendo por el camino. No es que el Padre desconociera esta circunstancia, sino más bien, que no la consideró como atenuante. Los retortijones, interrumpidos en su alivio, me causaron un sudor frío que no podía controlar. El malestar físico y moral me atormentaban. Juan me oyó, entró y me hizo compañía. No me servían las palabras. Seguí llorando.

Encogido para intentar mitigar el dolor, unos firmes pero suaves brazos me envolvieron. Unos firmes pero suaves brazos guiaron sus manos para enjugar mis lágrimas. Y lloré..., lloré ya tranquilamente, aferrándome a ese cuerpo suyo por mil y un motivos. Y lloré, sí, porque por mi cuerpo circuló la electricidad concentrada de miles de rayos, dejando mi vello erizado... Me di cuenta de que deseaba decirle cuanto le quería, cuanto le deseaba, y que no podía decírselo...

¿Cómo explicar lo que supuso para mí sentir su pecho contra el mío? ¿Cómo poder expresar la sensación que experimenté al percibir sus manos acariciándome el cabello con la intención de consolarme al tiempo que me mecía? ¿Con qué palabras describir el cómo me quedé prendado de esos ojos que tristemente me miraban y compartían mi dolor?

Separarnos no fue sencillo. Ninguno de nosotros lo deseaba. Yo, a mi vez, me sentí cerca de sus inquietudes, sus contradicciones y dudas cualesquiera que fueran. Me hice consciente de que yo le importaba. Experimenté ese abrazo como si fuera el de esa Iglesia generalmente Madrastra, ahora Madre; como si el mismo

Dios me meciera. Dentro del dolor, esta fusión del Amor Divino y el Amor Humano me proporcionó cierta paz, y quise vivirla al máximo, pues supe que sería fugaz e irrepetible...

Ahora, por mil y un motivos también, me doy cuenta de que no puedo ni debo permanecer por mucho más tiempo en esta casa. Lo que queda de mi permanencia aquí puede que sea más dolorosa de lo que esperaba en un principio. Por otro lado, abandonar el convento supone abandonar a Juan. Mi entrada impuso una renuncia. No esperaba que mi salida también...

Más tarde

Me siento tentado a cambiar de opinión, a seguirle a donde Dios le mande, a amarle en silencio. Mi corazón experimenta algo que no sabe si volverá a producirse. La realidad es otra. No soportaría por tiempo indefinido esta situación, terminaría por amargarme al no poder tener total acceso a un fruto cercano y prohibido.

No sería sensato. Sería asemejarme a los que critico... Los entiendo un poco mejor.

Convento, 22 de Agosto de 1983

Hay cierta paz que se asemeja al Guadiana. ¡Ahora la ves, ahora no la ves!

El Padre Maestro nos ha pedido disculpas por el incidente de ayer a pesar de que no estaba obligado según las Constituciones; hecho que ha recalcado con demasiada insistencia. Transmitía una dudosa credibilidad. Le he perdonado, sobre todo pensando que indirectamente fue la causa de la extraña experiencia compartida con Juan.

He encontrado una nota suya debajo de mi almohada. Está sin firmar. No es necesario. Reconocería su letra sin lugar a dudas:

Miguel:

Hay una Vida Oculta en el hombre que anima su esperanza. Abre ante él un devenir personal y colectivo.

Sin esta esperanza arraigada en lo más íntimo de tu corazón, sin este devenir que va más allá de tu persona, pierdes el deseo de ir adelante.
Aunque no seas comprendido, no te inmovilices. Debes correr éste riesgo de la Vida.
¿Cogerte de la mano, llevarte por este camino? Nadie puede hacerlo por nadie...
Si no es aquel que ya te ha reconocido.

ROGER SHUTS

De mí para ti.

Convento, 23 de Agosto de 1983

Es triste no tener libertad para hablar y compartir lo que quiero, y con quien quiero en mi propia casa, porque ésta debiera de ser mi casa. Sigo con el temor a ser escuchado... No es que las paredes oigan, es que son pabellones auditivos.

Convento, 24 de Agosto de 1983

Se acercan las fechas en las que se suelen realizar las Tomas de Hábito de aquellos novicios que desean ingresar en esta Provincia de la Orden. ¡Vacas flacas! Vuelve la temporada de vacas flacas. Este año nadie parece interesado en profesar en la Orden. Tal vez sus preferencias se han decantado sobre otras Provincias.

Sea como sea los Padres podrán descansar, durante al menos un año, de su dura labor.

Convento, 25 de Agosto de 1983

Los cuerpos del hombre y de la mujer se distinguen genitalmente por la existencia del pene y la vagina. Incluso en la actualidad el punto de referencia válido para la sociedad es el órgano masculino: es el macho quien posee pene y no quien tiene vagina, y la hembra quien no posee pene.

Puede que las ideas estén cambiando gracias a los movimientos feministas, a las mujeres anónimas que se niegan a aceptar unos conceptos heredados, y algunos hombres solidarios que se sienten también atrapados por los estereotipos y roles desfasados. Generalmente, de manera inconsciente a veces, a la mujer se la define por su carencia, que es desvalorizante a los ojos de nuestra sociedad. En el hombre, el hecho de no tener clítoris, ni vagina, ni senos, ni poder quedarse «embarazado», no es considerado como una carencia.

En las relaciones heterosexuales hay un sujeto, el varón y un objeto, la mujer, calificados respectivamente de activos y pasivos. El que tiene pene decide. La que carece, acepta. Por estas bases machistas la mujer debe aceptar ser utilizada para satisfacer la necesidad del órgano que ella no tiene.

La vagina ha sido convertida en receptora de la erección masculina, originándose dos comportamientos perfectamente asociados a los roles sexuales: la feminidad y la masculinidad.

Nuestra generación puede que esté resquebrajando estas bases inconscientes que nos han acompañado desde que existimos. Empero, mirando a nuestros padres, a nuestros abuelos, ¿no descubrimos entramados más o menos sutiles en los que la mujer es dominada económica, emocional y sexualmente? ¿Acaso no vemos en comidas, reuniones y actos sociales que los hombres se reúnen con los hombres, y se deja a las mujeres que «hablen de cosas de mujeres»?

Partiendo de la base de lo que el machista, y la sociedad machista siente aún acerca de los roles que asigna, no es de extrañar que siguiendo la línea de sus razonamientos vea la homosexualidad como la ve.

El machismo se limita a proyectar sus códigos y valores sobre una figura estandarizada del homosexual: El varón que tiene categoría y formas de expresarse de mujer. Desde la desvalorización machista, el homosexual es un hombre que se comporta como una mujer, que renuncia a su teórica superioridad social y sexual que le concede tener pene pasando de ser sujeto a objeto.

Es evidente que el machismo también es cosa de mujeres. Han sido víctimas y colaboradoras de su transmisión de generación en generación. Sus opiniones a veces son tan reaccionarias como las de sus «machos», y la valoración que hacen de la homosexualidad se apoya en la de ellos, sus «amos». No es un proceso consciente, pero sí lamentable. Extienden criterios que sirven para que ellas mismas continuen oprimidas sin darse cuenta de ello.

Laboralmente, el homosexual puede ser tratado con las mismas restricciones injustas que a las mujeres; se lo aleja de los cargos directivos y representativos al no tener una imagen directriz en el organismo de una sociedad basada en la valorización exclusiva de lo masculino.

Machismo es igual a poder, y lógicamente nadie desea abandonar el poder.

Convento, 26 de Agosto de 1983

Podemos ser afamados pintores, sensibles maquilladores, magistrales bailarines, renombrados peluqueros, audaces modistos, cotizados escritores, sensuales modelos o excéntricos actores de cine o teatro; pero cuidado si somos rudos camioneros, hábiles fontaneros, sacrificados albañiles, arriesgados bomberos, ejecutivos agresivos o pertenecemos al cuerpo diplomático.

El machismo ha creado unas profesiones adecuadas para nosotros, tópicas y limitadas en las que *nuestra sensibilidad y finas maneras* son justificadas. Se sorprende inocentemente cuando ve a un gay que no es estilista ni posee caniches blancos, pues se le rompen los esquemas. La ideología que a retazos aún mantiene la sociedad ante la sexualidad tiene un objetivo: que el hombre sea un desconocido para los demás, que las relaciones interpersonales pasen por la agresión, la competitividad sin límites morales, la humillación, la imposibilidad de un conocimiento mutuo real, ni verdadero contacto entre las personas.

Es sencillo hacer aparecer a los gays como degenerados y antinaturales. La sociedad, que aún puede en algunos casos alinear a la mujer acusándola de objeto, desnaturaliza al homosexual acusándolo después de degenerado.

Al homosexual inseguro de sí mismo se le ha condicionado para que su homosexualidad le lleve al afeminamiento. Si no actúa como hombre, debe comportarse como una mujer. Para el machista no conservamos el estamento viril, somos hombres disfrazados de mujeres.

Todo esto y mucho más es lo que ha influido inconsciente-

mente, en la negativa valoración de mi autoestima. Creé una imagen distorsionada de lo que suponía ser lo que soy.
Spero lucem post tenebras.

Convento, 27 de Agosto de 1983

Las Ordenaciones y Constituciones de nuestra Orden son un pozo de sabiduría del cual tenemos que beber con ansia y sed incolmable, mas en mi caso algunas de ellas me hacen sonreír:

Aunque veáis alguna mujer, no fijéis los ojos en ninguna. Cierto es que no se os prohibe verlas cuando salís de casa; lo que es pecaminoso es desearlas o querer ser deseado por ellas. No sólo con el tacto y el deseo, sino también con miradas se excita la concupiscencia hacia las mujeres. Y no digáis que tenéis el corazón puro, si son impuros vuestros ojos, pues la mirada impura es mensajera de la impureza del corazón. Y cuando los corazones, aunque calle la lengua, se insinúan deshonestamente con mutuas miradas y, según la concupiscencia de la carne, se deleitan en el ardor recíproco, aunque sus cuerpos permanezcan libres de violación inmunda, la castidad desaparece de las costumbres.

Si bien las Constituciones y Ordenaciones tienen una coherencia con los ideales que persigue, no dejan de ser medievales, máxime si se tienen en cuenta el tipo de castigos y persecuciones que puede recaer su incumplimiento: Semanas a pan y agua, silencio conventual, retirada preventiva de los sacramentos, etc.

¿Y qué decir cuando eres hombre, vives con hombres, te gustan los hombres e inevitablemente fijas los ojos en ellos en un momento o en otro? La mentalidad esencialmente heterosexual y machista de la Iglesia, heredada de las circunstancias especiales en las que sobrevivió el pueblo judío, conduce a que, una vez más, se den por sentadas unas determinadas orientaciones sexuales.

Cierto es que las miradas dicen lo suficiente en muchos momentos; el mensaje que emerge de las entrañas suele ser claro y conciso: Miedo, tristeza, alegría, odio, ternura, amor, deseo... Empero, cuando miras a tu Hermano, a tus Hermanos, a los cuales no puedes evitar pues son parte del sentido de la vida en comunidad, ¿cómo has de actuar?, ¿cómo se resuelve el problema? Pareciera que la homosexualidad y la vida sacerdotal fueran una vez más incompatibles a pesar de la sublimación de la tendencia y la renuncia equiparables a las de la heterosexualidad.

Estas cosas ya no me preocupan demasiado. Reconozco que con respecto a Juan hay concupiscencia en mi mirada. ¡Y me encanta! Mi mirada es lascivo-concupiscente-libidinosa. Quisiera que trascendiera al tacto y al cumplimiento del deseo, pero se que es imposible. Me he de conformar con esas miradas «pecaminosas» que exclusivamente a mí me deleitan en un ardor solitario.

Convento, 30 de Agosto de 1983

Hemos recibido impactantes noticias de Asia, concretamente de Formosa. Uno de los Padres más amados, queridos y respetados a fallecido tras treinta y siete años de vida misional ejemplar. Ha muerto, pero no de muerte natural: se ha suicidado... ¡Vestido de monja!

Su cuerpo apareció colgado en el campanario de la escondida misión en la que estaba destinado desde hacía ocho años, con un rosario fuertemente apretado en una mano y una nota desgarbada en el suelo, bajo sus pies oscilantes. Al escándalo de la truculenta e infamante causa de su muerte se une la mofa y los crueles comentarios acerca de su atuendo mortuorio. Obviamente está sujeto a excomunión, salvo que se dictamine con «piedad» una enajenación mental profunda.

La noticia ha conmocionado a toda la Orden, que se siente avergonzada y temerosa de la imagen que este hecho pueda dar dentro del ambiente misional y eclesiástico. Como un maldito, parece que va a ser condenado rápidamente al ostracismo y al olvido. De nada sirven ya esos años de lucha contra los elementos, de paciencia y cuidado para con sus «ovejas». Carece ya de valor el que arriesgara su vida en varias ocasiones para proteger la de numerosos refugiados cuando la situación política era difícil e inestable. No se recuerdan las cicatrices de su espalda, la ausencia de meñiques en sus manos como consecuencia de casi el año de estancia en un campo de prisioneros por el revolucionario acto de dar agua a un moribundo.

¡Qué final tan triste! No puedo entender como reniegan de

uno de sus Hermanos más entregados. ¡Lo importante es como fue su vida, no lo que supone su muerte para las bocas codiciosas de comentarios hirientes!

En su nota parece que aclaraba que se sentía cansado del engaño en el que había estado embarcado durante toda su vida. Como hombre creyente, sintió la llamada de la vida sacerdotal, mientras que a la mujer que vivía en el, mujer creyente también, le constaba que su destino era ser religiosa. ¿Transexualidad? Una mujer en el cuerpo de un hombre que intenta sublimar su situación mediante la fe, al no disponer de otros medios en su época, y que se ve enfrentada, según su sentir de tantos años a una contradicción secular: las mujeres no pueden ser sacerdotes.

Mi dolor ha sido grande a causa de mi homosexualidad, pero no logro concebir ni por un momento las dimensiones del suyo. Me es difícil entender el concepto de una mujer en el cuerpo de un hombre —o viceversa—. No tiene nada que ver con la homosexualidad, en la que el sujeto acepta y agradece su sexo, se identifica con sus genitales, con su cuerpo... Fuera hombre o mujer, intentó servir a Dios y a los hombres lo mejor que pudo; fuera siervo o sierva de Dios se acercó al dolor con tanta intensidad como al suyo propio.

En su muerte, en su acto de íntima reconciliación, sólo persiguió ser lo que era, lo que sentía. Es posible que su conciencia de pecado se encontrara sensibilizada en esos momentos por una oleada de distorsión.

Actualmente podría haberse operado, modificar su cuerpo por el que consideraba realmente propio. Su drama de identidad sexual se hubiera resuelto, al menos parcialmente. Pero, ¿su drama religioso?... No, evidentemente no. Hubiera sido considerada como aberración, escándalo y vergüenza: Templo y Voluntad de Dios profanadas. De todas las maneras, no hubiera podido reconciliar y mantener sus dos realidades: la humana y la religosa.

No tiene mi condena, sino mi más profundo respeto, aprecio y admiración, así como mis más sinceras oraciones por él o ella. Estoy seguro de que en estos momentos contempla el rostro de Dios. Oro también por aquellos que no han sabido ver, tras su envoltura humana, su profunda humanidad.

Convento, 31 de Agosto de 1983

Definitivamente la Iglesia se ha sentido engañada, traicionada y escandalizada. Fue enterrado, finalmente, en campo no sagrado; junto a los sin nombre, al lado de los proscritos sociales, lindante a los pobres sin identidad; vecino, en definitiva, de los mismos con los que estuvo en vida. Hasta cierto punto es un final triste, aunque románticamente apropiado. Lo que me duele es la decisión de su excomunión, basada no solo en el suidicio, sino en sus circunstancias. De todas formas, un campo no se hace sagrado por los hombres, lo transforma la mirada de Dios.

Yo se que Él está contemplando el lugar, y muy de cerca. Tan cerca como para tocarse mutuamente, sin que importe lo que puedan pensar los Ángeles...

Septiembre de 1983
RESOLUCIÓN

Convento, 1 de Septiembre de 1983

A la hora de las preces de la misa de hoy no he podido reprimir el impulso de pedir por él en público, ante el asombro de los Padres. No han tenido más remedio que responder según la Liturgia: «Te rogamos, óyenos». Sus bocas eran pequeñas, como sus corazones, empero he conseguido que en cierto modo, y durante unos instantes, todo el convento y la feligresía le presentaran ante Jesús. Estoy seguro de que no me lo perdonarán.

Por otro lado —dado que no van a ingresar en el próximo curso nuevos novicios— se van a retrasar las votaciones para discernir cuáles de entre nosotros son dignos y adecuados para profesar y pasar al Estudiantado. De hecho, el Capítulo se tenía que haber celebrado ya. De todas formas hasta la primera decena de octubre no se inicia el curso, tal como sucedió con la remesa de pichones de fraile que nos precedió.

Convento, 3 de Septiembre de 1983

Parece que la suma de homosexualidad y religión da como resultado un alto índice de suicidios por el insoportable complejo de culpa que genera en algunos. No debiera de ser así.

Convento, 4 de Septiembre de 1983

Hace un año que ingresé. ¡Cómo pasa el tiempo! No soy el mismo que cuando entré. No hay motivo especial para celebrarlo. Sí lo hay, en cambio, para celebrar mi próxima marcha.

Convento, 6 de Septiembre de 1983

De la inquietud creadora del corazón humano, de mi corazón, late y palpita lo que me es más definitivamente humano, es decir, la busca de la verdad, la sed de lo bueno, el hambre de libertad, la nostalgia de lo hermoso y la voz de mi conciencia que comienza a sobreponerse a otras voces que intentaron acallarla. En un último análisis, la conciencia es inviolable y nadie puede ser forzado a obrar en contra de ella. La voluntad de Dios tiene que ser necesariamente liberadora y humanizante, y no esclavizadora y despersonalizante.

Según el Concilio Vaticano II —que no se ha desarrollado más que mínimamente— no deben mantenerse estructuras anacrónicas y observar unas normas vacías de sentido sin otro valor y razonamiento que el de haber sido redactadas en términos de antiguos contratos.

Que nosotros sepamos, sólo vivimos una vez, y tenemos que trazar una ruta en dirección a una meta que esté conforme con las aspiraciones vitales de nuestro ser.

Voy descubriendo que más que la fe, más que cualquier otro sentimiento, es el amor lo que define trascendentalmente al hombre, y es, también, lo que más se aproxima a una definición de Dios. Sin embargo, como en mi caso, una ley que prolifera en incontables normas y preceptos, que se convierte en agobiante, corre el peligro de sofocar la capacidad personal de amor que a cada uno nos ha sido concedida.

El israelita afirmaba su piedad y devoción odiando al pecador. Y he aquí que Jesús declara haber venido para ellos, no para los justos. Jesús escandalizó aceptando a la adúltera, conversando con la samaritana, haciendo caso omiso de las impurezas legales sentándose a la mesa de lo que en su momento fueran marginados socialmente. Samaritanos, gentiles de Canaán, Tiro o Sidón, funcionarios de la ocupación, publicanos, prostitutas, leprosos..., por ellos Cristo saltó las barreras de la impureza legal, la observancia del sábado, la división religiosa, el carácter sacro de las ofrendas al templo... Acogiendo a todos, Cristo quitó al odio el último de sus pretextos: el celo religioso.

Convento, 7 de Septiembre de 1983

A pesar de mi homosexualidad —y pienso ahora que por ella— me sentí atraído por la vida religiosa, a un compromiso más profundo, a un intento de consolar como a mí me hubiera gustado haber sido consolado, a llevar esperanza donde no la había hallado. Irresistiblemente y con fe —con toda la disponibilidad de la que fui capaz— renuncié a mi casa, a mis padres, a mi vida, a mi sexualidad en aras de una noble causa que me pareció adecuada. Sin saber muy bien si hacía lo correcto, tomé los hábitos para ser fraile en esta Orden.

Sé que mi orientación sexual no es un impedimento para la vida de renuncia en nombre de Jesús, pero mi conciencia me dice otra cosa al ver lo que hay dentro de estas paredes. Debo volver al mundo y ser el que soy. Vine aquí, en parte, como una posibilidad de anular, encubrir o destruir mis problemas. ¡Aislarme! Como no me veía capaz de desenvolverme en el mundo, de enfrentarme a él y a mí mismo, de asumir mi homosexualidad, opté por evadirme, huir, ignorar...

He olvidado las deseadas «curaciones» o mejoras de origen médico o divino. ¡Nueve años de espera son suficientes! No me engaño con falsas esperanzas porque duelen, y porque son eso, falsas... Desde la perspectiva de la fe, no dudo que Dios tenga poder para cambiarme, pero en la paz de mi corazón sé que no lo hará.

El ambiente de oración y silencio me ha servido para reflexionar sobre mi vida y sus opciones.

Mi marcha es una decisión real. De todas maneras me hubieran votado negras. He de pensar qué haré al salir. No puedo malgastar mi vida en sufrimientos y luchas de años pasados. No tengo una crisis de vocación. Lo que he sufrido es una crisis de identidad.

Quiero encontrar a alguien como yo. No quiero un amante cada noche, aunque en aras de la recuperación del tiempo perdido tendré que vivir mi sexualidad antes de encontrar a la persona afín. ¡Hasta ahora ha sido tan duro caminar solo! Sé que la Iglesia oficial no me aceptará tal como soy, pero mi conciencia está tranquila. Las piezas del rompecabezas de mi vida comienzan a encajar, a dar una idea del pasaje que componen. Deseo ver la imagen completa.

Estoy agotado, son las dos de la mañana. El tiempo parece no existir mientras escribo, pero mañana pagaré el precio si no descanso lo suficiente.

Convento, 11 de Septiembre de 1983

Pocas novedades. El otro día vinieron mis padres y les confié que me marchaba. ¡Desde luego deben de estar hechos un lío conmigo! Para ellos debo ser, y supongo que seguiré siendo, una «sublime indecisión». ¡Si ellos supieran!

Hablé con Juan de mi definitiva marcha. Me costó mucho contener otros sentimientos, otras palabras. Me agradeció la primicia, pues así se iría haciendo a la idea. No intentó convencerme de lo contrario, ni me sugirió que meditara más. Me planteó también sus dudas acerca de continuar; mas espera como señal inicial las votaciones de la comunidad. Si le votan blancas se dará a sí mismo una oportunidad.

Es duro hablar de mi futura despedida de Juan, no del convento, sino de Juan. ¿Me ha mostrado con su mirada una tristeza más allá de la amistad?

Convento, 13 de Septiembre de 1983

Durante nuestro paseo habitual por los jardines —ahora que el calor ha remitido un poco— Daniel nos ha contado a Juan y a mí lo que ha deducido de la charla que mantuvo con el Padre Maestro ayer por la noche. Juan será votado negras con casi total seguridad, y a algunos se les puede insinuar que abandonen el convento al no existir esperanza para ellos... Confidencialmente le confesó que formábamos parte del grupo de ovejas negras a quien ningún Padre soporta. El pertenecer a los grupos de oración es un elemento importante a tener en cuenta...

Estos nuevos datos refutan mi decisión, mas en Juan creo que ha causado sorpresa no exenta de cierto alivio. Su única posibilidad es que le prorroguen el noviciado.

Hablaré con el Padre Maestro antes de que se efectúen las votaciones, lo más tardar dentro de una semana. Quiero que quede claro que es mi decisión y no la de ellos. He de dar el primer golpe. Es una cuestión de orgullo a la que creo tener derecho.

Convento, 14 de Septiembre de 1983

Hay algo de temor. No sé realmente a qué, pues ¿qué es lo peor que me puede pasar? No nos entenderemos demasiado. Dudo entre despedirme educadamente y con dignidad, o aireando todos los trapos sucios, propios y ajenos... ¿De qué serviría esta última opción? Además, es un secreto a voces dentro de una burbuja de cristal empañada por la hipocresía.

También hay inseguridad ante la certeza de encontrarme con preguntas como éstas: «¿por qué te has ido?» «¿Qué es lo que ha pasado?» A luchar en un mundo nuevo, a incorporarme a unos estudios no determinados aún y al duro mercado laboral. Mi futuro no está exclusivamente en mi aceptación sexual. Se encuentra también en una orientación profesional que aún no he decidido.

Este momentáneo y puntual temor no me va a paralizar. He dormido durante años y tengo que despertar.

Convento, 16 de Septiembre de 1983

He escrito una carta, una misiva que nunca mandaré. No necesita sello. Si fuera capaz de entregarla en mano o pasarla por debajo de una puerta solo tendría que caminar unos pasos.

Querido Juan:
Continuamente, tanto tú como yo, luchamos por conseguir la verdad de nuestras vidas y, simplemente sobrevivir tan cual sinceramente somos. ¿Nos dejarán hacerlo? ¡Hay tantas cosas que deseamos hacer, e incluso ser, en esta vida tan corta en la que el tiempo vuela!

Sí, Juan, el tiempo pasa, y a veces desearía que no transcurriera tan rápidamente. En otros momentos, me gustaría que pasaran en un instante algunos años, y ver así resueltas todas las cosas por las que tendré que luchar y asumir responsabilidades. Es una gran obligación vivir, y más aún VIVIR siendo sincero con uno mismo sin dejarse avasallar o prostituir por las comodidades de pensamiento.

Juan, tengo más deseos de vivir que nunca. Deseo amar, viajar, conocer, estudiar, indagar en este hermoso y sin embargo duro mundo en el que hemos sido creados. Quiero vivir, porque parece que al fin he encontrado sentido a la vida. Puede que no sea majestuoso o muy honorable a los ojos del mundo, pero es mi sentido. No puedo sobrevivir, ser yo, si no tomo unas posiciones concretas y conscientes para mi futuro, mi desarrollo emocional, profesional, espiritual y sexual.

Mi vida de oración es bastante pobre. No oro concreta y diariamente. Es en lo más doloroso del hombre, en lo más incomprensible y rechazado a los ojos del mundo donde más nos ama Dios. No sé si es lógico, pero ahora me siento más amado por Él que nunca, y donde más profundamente lo percibo es en mi homosexualidad. Creo que Él me ama específicamente, entre otras cosas, por ser lo que soy... He llegado a dar sinceramente gracias por haber permitido esta condición en mi vida. Todavía no comprendo muchas cosas, pero en la confianza de que a los que aman a Dios todas las cosas son para bien, me siento en paz. No me siento avergonzado ante Él, sería hacerlo de la obra incógnita que tiene para conmigo. Mi conciencia está tranquila porque no me siento culpable. No he elegido ser como soy. Hasta hace poco no lo aceptaba. Ahora comienzo a sentirme satisfecho. Soy tan digno como cualquiera; no soy ni mejor ni peor que nadie.

Busco... ¿Dónde buscar? A veces me descorazona un poco la soledad, la diferencia por la cual no puedo encontrar un reflejo en el espejo e intimar con él. Aquí es prácticamente imposible.

¡Quisiera que tú, Juan, fueras ese reflejo que busco! ¿Cómo puedo estar seguro de que nos unen más cosas de las que creemos? Si entre estas paredes apenas podemos sentir en solitario, ¿cómo hacerlo en común? Tras la impresión que te llevaste en su momento y de todos los esfuerzos por desmentir lo que intuiste cuando me emborraché y te toqué.

¿Cómo contradecirme ahora?

¿Cómo saber, Juan, si tú también eres gay sin cometer un terrible error que conmocionara aún más a estas pías paredes?

Juan, creo que te amo...

MIGUEL

Convento, 17 de Septiembre de 1983

Aquello que tanto me escandalizó ahora logro, en cierto modo, justificarlo. Estos Padres y hermanos que tienen comportamientos homosexuales, mejor dicho, que son homosexuales, lo tuvieron mucho más difícil que yo.

Intento imaginar mis propias crisis internas, mis peculiares dudas y atávicos rechazos, mis esenciales intentos de sublimación en la época en la que ellos contaban con mi edad. ¡Descorazonador! Posiblemente intentaron —con más fuerza si cabe que yo— destruir esa sexualidad «desviada».

He estado criticando una doble moral —la presente— sin pensar que, posiblemente, no tuvieron otra salida. No dispusieron de los recursos con los que puedo contar yo en mi tiempo, en mi generación. No contaron con la mínima apertura social de la que al menos vislumbro ahora. Vivieron en una sociedad y en una Iglesia anterior al Concilio mucho más rígidas y severas. La homosexualidad aún era considerada una enfermedad. Seguramente intentaron luchar hasta que la amargura, la desolación y la frustración les incitó a sacar sus instintos torturados por los años de una forma torpe, hosca, casi maligna...

Ahora siento cierta pena por ellos. Por esos jóvenes que fueron y que no encontraron esperanzas. Intentaron sublimar, creyeron que serían capaces... lucharon, pero finalmente su realidad humana pudo con ellos.

Gracias al tiempo en el que me ha tocado vivir se me presentan algunas oportunidades más.

Lamento, lamento profundamente el haber sido tan duro. No les eximo de su dureza de corazón, de su hipocresía, de mandar hacer lo contrario de lo que hacen, de su intolerancia..., pero me dan pena. Su homosexualidad tiene aspectos de marginalidad mucho más profundos que los míos. Se han acomodado, se han resignado, se han dado por vencidos. Es demasiado tarde para comenzar de nuevo.

En ellos se refleja uno de mis posibles futuros paralelos, y no me gusta...

Convento, 18 de Septiembre de 1983

Los meses han transcurrido y Martín se encuentra mucho mejor. Está más alegre y comunicativo dentro de lo que son sus posibilidades. Incluso ha besado a su madre cuando ésta ha venido a visitarle hoy. Ha sido una grata sorpresa para ella. Tenía un concepto tal de la mujer como pecado que se resistía, incluso, a mostrar ese signo de afecto a quien le dio la vida. Sus escrúpulos se están relajando de tal manera que casi parece haber superado sus patologías.

Martín, inclusive, me ha sonreído durante el servicio que hemos compartido esta semana en la cocina. Me he sentido feliz por él, por esos cilicios y flagelos olvidados sacados de quien sabe que rincón.

Convento, 19 de Septiembre de 1983

¿Quiénes son mis padres? ¿Quién soy yo? Estos interrogantes parecen estúpidos pero tienen sentido. Vivimos, comimos y hablamos bajo el mismo techo, nos fuimos de vacaciones juntos..., pero ¿qué sé de sus más profundos sentimientos y pensamientos? ¿Qué saben ellos de mí? Nos hemos acostumbrado a lo largo de los años a convivir y dar por supuesto que nos conocemos, pero...

Quisiera decirles la verdad, ser sincero, concederles la oportunidad de que me vieran sin máscara. Mamá quizá lo intuye, pero prefiere ignorarlo. Papá no está demasiado en casa por cuestiones de trabajo, por lo cual no debe estar al tanto de muchas cosas... Únicamente podré plantearme decirles la verdad cuando tenga un trabajo y una independencia.

Antes debo estar seguro de mí mismo y haber agotado todas las demás posibilidades. Dentro de unos años quizá tenga que abandonar mi casa, es decir, la casa de mis padres, para convivir con alguien. ¿Qué explicación podré darles? ¿Me aceptarán? ¿Aceptarán a mi pareja? ¿Me veré obligado a elegir? ¿Me darán una oportunidad?

Anteriormente mi dicotomía era Fe contra Homosexualidad. Una vez resuelta ésta, parece que se puede presentar otra: Padres o Pareja. ¿Conseguiré un equilibrio entre ambas partes? Es una posición más delicada. Antes sólo eran posturas, opciones, formas de vivir que existían en mi mente. Ahora son personas con sus propios pensamientos, opciones y formas de vivir..., sobre los cuales no tendré poder de decisión.

Convento, 20 de Septiembre de 1983

El hombre no puede vivir sin amor. Sigue siendo un ser incomprendido para sí mismo, su vida carece de sentido si el amor no le es revelado, si no lo experimenta, si no lo hace suyo y lo comparte íntimamente.

Convento, 22 de Septiembre de 1983

Contemplo mi cuerpo y mi rostro en el espejo. Lo que me es devuelto es algo distinto a lo que fui. También he cambiado físicamente. No he sido consciente de ello hasta hoy. He adelgazado mucho. Mi rostro se ha relajado. El mentón ha cobrado una firmeza novedosa, la mirada refleja una transparencia ambigua, el cuerpo presenta una incipiente armonía y equilibrio tras despojarse de un peso superfluo. Veo por primera vez cierto atractivo en mi persona, lo cual aumenta mi autoestima.

Es una imagen más adulta la que recibo. Incluso más endurecida. He de cuidar mi aspecto de ahora en adelante. Ahora comprendo que hay cosas que se se pueden mejorar con un poco de esfuerzo.

Convento, 23 de Septiembre de 1983

Hablé con el Padre Maestro en su despacho. Tal como preveía no me ha puesto impedimento alguno, si bien pareció emocionarse más de lo que yo esperaba. ¿Lágrimas de cocodrilo? ¿Realmente ha demostrado cierta simpatía? La conversación ha sido espesa, casi un monólogo en el que continuamente me sentía tentado a dar alguna que otra sorpresa. Me contuve.

Dentro de unos días firmaré en el Libro de Admisiones mi renuncia. Aunque por trámites tenga que permanecer algunas jornadas más, ya no seré fraile sino seglar. No deja de ser sorprendente que con una rúbrica se pueda entrar o salir de un estilo de vida.

Mis escasas posesiones, libros, cintas de música, ropa, etc., van siendo paulatinamente embaladas, poco a poco, momento a momento... No deseo verme de golpe ante la austera y aséptica celda con la que me encontré al ingresar. Mientras empaqueto los diversos objetos, me doy cuenta de cuantos recuerdos están asociados a ellos. Forman parte de mí.

Mañana haré pública mi decisión ante la comunidad aprovechando la asamblea solicitada por Daniel y secundada por otros novicios. He de suavizar mis impulsos. Sería futil sacarlos con la fuerza e intensidad que los siento. Saldré como un «señor», con la cabeza alta y no como un fracasado resentido, como un criminal de la fe.

Convento, 24 de Septiembre de 1983

Como si de un Concilio se tratara se reunieron todos los integrantes de la comunidad. Los Padres mostraron diversos estados de ánimo: curiosidad, recelo, displicencia...

Daniel es el que solicitó la reunión y... —¡sorpresa entre las sorpresas!— según fue avanzando el debate, todos los Novicios —e incluso algunos Padres— criticaron duramente la hipocresía, ambigüedad y resentimiento de esta comunidad. Algunos firmaron su «sentencia de muerte» —tal como ellos mismos reconocieron— con respecto a las votaciones. Aún así, deseaban dejar las cosas claras acerca de lo que pensaban, y confirmar la forma de actuar que iban a seguir de ahora en adelante.

Daniel habló duramente, con una fuerza inesperada. No guardo demasiadas esperanzas de que le voten blancas después de lo que ha dicho. Quizás le prolongué el noviciado durante unos meses, tal vez lo expulsen...

Como era de esperar, los Padres de siempre no se dieron por aludidos, no comprendieron o no quisieron comprender nada. El más rígido, impasivo y reaccionario fue el Prior. Mientras sermoneaba acerca de las normas, sacrificio, penitencia y vida ascética —obediencia, castidad y pobreza— no pude alejar de mi pensamiento la imagen nítida de un anillo a través de un orificio y el trozo de carne que surgió después. Me sentí indignado. Mi boca se abrió en varias ocasiones, pero también en otras tantas se cerró... ¿De qué serviría?

Inesperadamente, varios me pidieron disculpas por la forma en que me habían tratado durante todo este tiempo, reconociendo que no me habían concedido ninguna oportunidad. La envidia por una fe tan fiel —¿es posible?— les había desconcertado. Estas declaraciones me sorprendieron grandemente. Callé. ¡Si ellos supieran! ¡Si ellos supieran que mi fe era pura duda! ¿O puede que a pesar de todo fuera fe? De cualquier manera, es tarde, muy tarde...

Aprovechando la coyuntura anuncié públicamente mi marcha. Dije que, habiendo abandonado el mundo, me había encontrado el mundo dentro del convento; que tras mucho meditar había descubierto que la vida monástica no era realmente mi vocación. Algunos se sorprendieron y se sintieron relativamente responsables al pensar que me habían abocado a la presente decisión. Me rogaron que recapacitara, que no me precipitara, prometiendo que harían propósito de enmienda... Incluso algunos Padres y Hermanos hicieron curas de humildad en variable grado de credibilidad. Para ellos era una buena ocasión de lavar su imagen.

No quise dar muchas explicaciones. No necesitaba darlas. No me veía en la necesidad de justificarme... No quería más palabras que rebotasen por las paredes como balas perdidas.

Fray Dimas me miró con una mezcla de curiosidad y alivio... ¿Tenía datos de los que yo carecía?

Fray «Bayeto», se retrasó voluntariamente al finalizar la reunión con el pretexto de ordenar la sala. Mientras tanto, yo buscaba inútilmente la cruz de mi rosario que, en algún momento determinado debió de desprenderse del mismo. Él la encontró bajo una silla. Con su tosca nobleza y nerviosa espontaneidad me la entregó junto con rápido beso en la mejilla. Me susurró:

—¡Sé libre pequeño!

A lo que yo respondí, entendiendo de golpe muchas cosas:

—Lo intentaré, te aseguro que lo intentaré...

Convento, 26 de Septiembre de 1983

Esta casa continua alterada. Sus componentes no saben bien el lugar que ocupan o la actitud que deben tomar ante algunas situaciones. El resumen puede ser inseguridad. Se miden las palabras con demasiada cautela a fin de no hipersensibilizar las situaciones.

Corre el rumor de que Fray «Bayeto» solicitó, hace algunas

semanas, el traslado al Provincial. La respuesta parece haber sido afirmativa. Me alegro por él.

Octubre de 1983

JUAN, MI QUERIDO JUAN

Convento, 1 de Octubre de 1983

La Sala Capitular, utilizada sólo para ocasiones muy concretas, es lo suficiente amplia como para acoger a todos los frailes. De hecho, impresiona ver tanto asiento vacío con respecto a las posibilidades gloriosas con las que fue ideada la estancia.

Antiguamente, convocados por el Padre Prior, se reunían todos tras la misa matinal, sentándose junto a las paredes por orden de veteranía. Se comentaban las Constituciones, se daban instrucciones espirituales y se debatían asuntos del convento. El Capítulo concluía con la confesión pública de los frailes, acusándose de sus faltas o denunciando las de sus hermanos sin citar sus nombres. Los días festivos se pronunciaba un sermón que los conversos podían oír desde la banda del claustro.

Hoy en día, la planta cuadrangular, carcomida por los años, con sus bóvedas de nueve tramos agrupados —semejantes a una cueva con estalactitas y estalagmitas— sólo se usa para la reelección de cargos dentro del convento (Prior, Síndico, Padre Maestro, etc.); para las votaciones de admisión al Estudiantado, o para asuntos graves que incumban a toda la comunidad.

Sentados en sus lugares correspondientes, la visión era espectacular: completos hábitos de gala, solemnidad, cantos, plegarias para que el Espíritu Santo iluminara las decisiones —irónicamente ya tomadas con anterioridad para ahorrarle trabajo—, imagen de autoridad, de terrible autoridad.

Como momias egipcias de servientes enterrados vivos junto a su amo el Faraón en una tumba inviolada del valle de los Reyes, los Padres y Hermanos movieron sus resecas manos, sus resecas bocas, sus resecos ojos con miradas semejantes a las de un Tribunal de la Inquisición.

Estos seres embalsamados vestidos con el blanco más impoluto votaron la permanencia de Juan en la Orden junto con la de otros tres novicios. La del resto se decidirá en días sucesivos. De no haber decidido marcharme, éste hubiera sido también mi sufragio.

El proceso del mismo no es complicado. A cada miembro permanente de esta casa se le entrega una bolsa de terciopero rojo que contiene dos bolas, una blanca y otra negra. Caben perfectamente en un puño cerrado sin que a simple vista se aprecie cuál es el veredicto personal. Por orden inverso de profesión —es decir, de los más recientemente incorporados a los más veteranos— los Frailes se levantan e introducen el puño cerrado en una urna de madera. Por cada novicio se efectúa un recuento que tiene validez cuando se alcanza la mayoría simple. Una vez verificado, es el Prior el que emite el resultado. Los comicios pueden estar condicionados, en caso de duda, por una prolongación de hasta seis meses del noviciado, tras los cuales se efectúa una nueva votación definitiva.

En este caso, las bolas blancas significaron un reconocimiento de que el novicio «había sido impregnado por el espíritu de la Orden» y, en consecuencia, era aceptada su permanencia en la misma para realizar los primeros votos, los simples. Las bolas negras supusieron —a pesar de que se quisiera adornar— una patada en el culo con dirección a la puerta de salida del convento.

Fray Rubén y Fray Daniel obtuvieron blancas. Me alegré por ellos, especialmente por el último. Fray Martín y Fray Juan, mi Juan, recibieron negras. Si bien él, en cierto modo lo esperaba, también albergaba una pequeña esperanza. Me miró con una extraña mezcla de tristeza y alegría que me desconcertaron. ¿Acaso, en el fondo, esperaba este veredicto como la confirmación de otro tipo de espectativas paralelas? Ante la imposibilidad de tomar por él mismo una decisión, ¿había delegado su futuro en manos de estas momias presuntamente inspiradas por el Espíritu Santo?

Abandonamos la sala Capitular con la sobriedad que requería la ocasión, mas según nos desperdigamos por las distintas dependencias, los chismorreos, comentarios y corrillos se fueron formando, evaluando el resultado como si de un partido de fútbol se tratara.

Siento pena. Pena por él, por mi Juan, mi secreto Juan; pesar porque desde mi perspectiva humana hubiera sido un buen sacerdote; cariñoso, amable, tolerante, cercano...

Y ¿por qué no? Siento cierta pesadumbre por mí, por ese sueño por el que ingresé, sueño al fin y al cabo, pero que no dejaba de ser hermoso y atractivo.

Ambos tendremos que rehacer nuestros caminos, escuchar nuevas voces, emprender innovadores pasos...

Más tarde

Después de cenar le pregunté si deseaba conversar un rato. Educadamente declinó mi ofrecimiento alegando que se encontraba confuso, que necesitaba estar solo en su celda. Me quedé mirando su imagen triste a lo largo del ininterminable pasillo, cabizbaja, con una fragilidad que contradecía su físico armonioso y trabajado. ¡Cuánto me costó respetar su decisión! ¡Cómo deseé salir corriendo tras él! No lo hice y, tras permanecer escasos minutos en la comunidad me dirigí a mi cuarto para no escuchar los hachazos que de los árboles caídos pretendían hacer leña...

Convento, 2 de Octubre de 1983

Me acosté, pero mi mente no quería descansar, no deseaba más que traspasar ese muro real contiguo que separaba nuestras celdas. ¡Cuán cerca y cuán lejos me sentí de él!

Horas más tarde —sobre las tres de la mañana— un ligero pero inconfundible gemido llamó mi atención, cuando, intentando inútilmente conciliar un sueño estable en esta tórrida noche me levanté para beber agua.

Lloraba. Ahora era él quien lloraba. Mi corazón se encogió en un puño, mis piernas temblaron, mis vísceras se removieron, mis manos comenzaron a sudar... La adrenalina se disparó en mi organismo como si me estuviera acechando un tigre de bengala. Indeciso, sin vestirme, sin calzarme, con sólo mis calzoncillos rayados abrí la puerta de mi celda, salí al pasillo y me acerqué a la suya sigilosamente.

Como si fuera el Padre Maestro escuchando detrás de las puertas, permanecí unos segundos, dudando entre entrar o no, poniendo mi mano en el pestillo y apartándola como si se encontrara al rojo vivo.

Él lloraba, y a pesar de su deseo de soledad, no pude olvidar... No pude olvidar los momentos de dolor y desesperación en los que mis lágrimas necesitaban ser compartidas imperiosamente, los instantes en los que le necesité y estuvo a mi lado.

Mi mano aferró de nuevo el pestillo, resistiendo ese inexistente pero pertinaz fuego que desprendía convirtiendo el sudor de mi mano casi en vapor.

Silenciosamente entré. De rodillas, de espaldas a mí, ante una vela encendida y un pequeño crucifijo réplica del de San Francisco de Asís —que yo le había regalado— se encontraba Juan en ropa interior sobre una esterilla. Cerré la puerta. No volvió la mirada. Yo, no dije nada. Su llanto venía desde esa quietud que nace en la pena. Tras nuevos e incómodos momentos de indecisión me puse de rodillas junto a él, mirando alternativamente, una y otra vez a esa imagen que tanto había significado para mí, y el perfil de Juan adquiriendo un precioso y casi mágico tono dorado a causa de la crepitante llama de esa pequeña vela a medio consumir.

Y allí, ante ese Cristo crucificado, ese Cristo amoroso, ese nuevo Cristo de liberación y esperanza Juan cogió mi mano lentamente, sin volver la cabeza, y la puso en su pecho. Me miró, con una mezcla de llanto azul y sonrisa tímida que yo tardé —más de lo que hubiera debido— en entender. ¡Un estremecimiento me asaltó y de golpe comprendí! De pronto recordé ese mismo gesto hecho por mí en otra ocasión, y el cuanto me preocupé por desmentirlo, disfrazarlo y disculparlo para que Juan no se asustara, para no herirle, para no perderle... ¿Debí decirle entonces la verdad y ser valiente? ¿Me estaba intentando comunicar lo que yo creía?

Esta vez fui yo quien acercó mi mano a su rostro con el fin de enjugar su llanto, esta vez fui yo quien mesó sus cabellos dulcemente, esta vez fui yo quien le acogió entre mis brazos meciéndole lentamente, prolongando en una mezcla de placer y dolor ese momento.

Me abrazó, me abrazó fuertemente, tan fuerte que sentí el acelerado palpitar de su corazón como si perteneciera a mi pecho. Tan estrechamente que percibí su aliento en mi cuello erizándome el cabello. Tan íntimamente, que comencé a notar su virilidad creciente contra mi muslo izquierdo. ¡No podía creerlo! ¡Mis deseos se estaban convirtiendo en realidad más deprisa de lo que yo era capaz de asimilar, pero no de sentir! ¿Era una realidad? ¿Un delirio? ¿Estaba soñando? De ser un sueño —pensé—, hubiera dado mi vida por no despertar y permanecer eternamente en ese mundo que no tenía nada de onírico.

Ya fuera por el dolor que su propio dolor despertaba en mí, ya fuera por la felicidad que suponía abrir las compuertas de mis emociones, ya fuera por puro éxtasis, descubrí ciertas lágrimas en mi rostro que en nada se asemejaban a las que había derramado hasta el momento.

Y me besó. ¡Me besó! Sí, me besó... Me besó, y lo tengo que repetir porque ese fue mi primer beso, el tipo de beso que deseaba desde hacía tiempo, que había imaginado de mil y una maneras, y que para nada se asemejaba a mis fantasías. Descubrí torrentes de lava incandescente en mi interior, resonantes tormentas tropicales, huracanes impetuosos y maremotos que modificaban y configuraban un nuevo paisaje interior, disolución del universo dentro de un agujero negro —que era mi boca ávida—, pérdida de identidad, de noción de espacio y tiempo... Todo esto y mucho más descubrí cuando dirigió lentamente sus labios a los míos, cuando percibí su aliento, cuando sus lágrimas resbalaron por sus mejillas hasta llegar a mis labios, bebiéndolas, sintiendo su sal; cuando con su lengua comenzó a explorar mi inexperta boca, y, cuando tras tantos años de represión descubrí que no me sentía culpable, sucio, avergonzado, y que lo que experimentaba era infinitamente más dulce de lo que esperaba, que era inmensamente feliz.

Como dicen que sucede en aquellos que se encuentran al borde de la muerte, recordé, a toda velocidad, esos años de soledad y dolor, de culpabilidad, de complejo de inferioridad, de vergüenza, de desamor, de desesperanza... Descubrí cuanto había cambiado, cuanto tiempo y energías había malgastado inútilmente.

Pasé mi mano por su espalda desnuda, palpando todas y cada una de sus vértebras. Deslicé la otra por su torso, duro y firme; por sus pezones inhiestos, por sus costillas, por su vientre, ensanchando la apertura de mis dedos según descendía desde su ombligo a la base de su triángulo pubiano. Acaricié todo su vello, ese vello que siempre me había hipnotizado y que a pesar de deslizarse por entre mis dedos no era capaz de creer que al fin se encontrara a mi alcance... Tanteé sus nalgas, lentamente, muy lentamente, valorando que eran mucho más redondeadas y duras de lo que esperaba. Finalmente acogí su miembro en mi mano miestras el hacía lo propio con el mío, notando como palpitaba, como si fuera un pajarillo asustado, sintiendo como crecía aún más mientras se humedecían los slips que a duras penas contenían apretadamente ese regalo mutuo.

Mi cuerpo fue descubierto, investigado lentamente, sin prisas, con ternura desvelándome zonas erógenas que yo mismo desconocía.

Nos tendimos en su cama, juntos, muy juntos. Así pasamos todo lo que restó de la noche; acariciándonos, besándonos, rozándonos, tocándonos, explorándonos..., sin hablar, sin decir nada, como si una palabra hubiera podido despertarnos del sueño común que compartíamos. A la luz de la vela nos dimos todo el afecto que no habíamos podido dar o recibir en una vida pasada. No puedo decir que tuviéramos una relación sexual pues no llegamos a eyacular a pesar de la dolorosa acumulación que pugnaba por escaparse desde los testículos... Fue más bien algo sensual, deliciosamente pausado, el sentir el calor, el sudor, los latidos, la piel, los cabellos del otro, el permanecer simplemente abrazados.

Me parece mentira el no haber llegado a nada más, el no haber hecho el amor desaforadamente, con el salvajismo desatado tras tantos años. Supongo que después de más de un año de vivir entre unas paredes como estas, lo que más necesitábamos era ternura, afecto, calidez.

Amaneció. Una vez más amaneció, como venía haciéndolo desde incontables millones de años. Mas para nosotros fue un amanecer nuevo, dinstinto, lleno de connotaciones simbólicas.

Con cierta pesadumbre me levanté de su cama a una hora que ya no era prudencial, y me preparé para una rutina diaria que ya no tenía sentido para mí. Si bien yo me marchaba, sus labios no deseaban soltar mi lengua. Finalmente lo hizo. La vela aún no se había consumido. Tal como ya esperaba, el «Ojo que Todo lo Ve» no nos había fulminado...

Nos besamos por última vez. Mientras me encontraba ya en el quicio de la puerta me dijo:

—¡Lástima que esto no haya sucedido antes!, ¿verdad?

A lo que respondí, mirando en azul:

—Sí, lo es. Pero lo importante es que ha sucedido. Quizás no estábamos preparados para ello. No ha sido demasiado tarde, después de todo...

—Quedan muy pocos días y tenemos mucho de que hablar.

—Y también por hacer... —dije sonriendo—.

El simplemente asintió. Ante estas nuevas promesas, y hasta el cercano cumplimiento de las mismas, no me he duchado. Quiero conservar su olor, su sudor en mi cuerpo, sus caricias en mi piel, su saliva en mi cuello...

Ahora, preparado para las oraciones matinales en el coro, con una alegría que se que sorprenderá a los Padres, más despierto y ligero que nunca, con la cabeza erguida y la espalda recta, daré gracias a Dios más que nunca...

Convento, 7 de Octubre de 1983

Prácticamente todo está recogido. Unas cajas y bolsas amontonadas en un rincón albergan las pocas petenencias que he tenido en este espacio que ha sido una mezcla de tortura y refugio durante más de un año. La celda está tan fría y desnuda como cuando vine, a excepción de la mesa, la librería y la silla que otro novicio posterior a mí, espero disfrute con mejor suerte, o al menos con más paz.

Solo unas horas, ni siquiera un día me resta por estar aquí. ¿Qué me deparará el futuro? Intento pensar únicamente en el presente, pero es inevitable que me preocupe por mi nueva integración al mundo. ¡Con cuanta ilusión vine al convento! ¡Con cuántos planes! Ahora salgo, y no soy el mismo que cuando entré. Parece mucho el tiempo transcurrido. Es como si hubiera permanecido aletargado durante años..., a la espera de mi príncipe azul y su beso vivificador.

Me da pena marcharme, es cierto. No se bien explicar la causa. No es que la estancia haya sido grata precisamente. Dejo un par de compañeros, algunas experiencias, algunos aprendizajes, una primera relación...; abandono una forma de vida que podía haber sido hermosa: Sacerdote de Cristo. De todas formas, se porqué me siento más afectado de lo que preveía hace un par de semanas...

Dejo a Juan. Juan me deja a mí. Nuestros caminos se cruzaron finalmente, casi en el último momento. Ahora él tiene que partir para Alemania, con sus padres emigrantes con quienes convivió hasta ahora. Yo, también he de regresar junto a los míos. En nuestros cuerpos están marcadas a fuego caricias que nunca se borrarán.

A partir de mañana, a comenzar de nuevo. Nuevas búsquedas, nuevos descubrimientos, nuevas vivencias, quizás nuevos cuerpos y caricias... ¡Es como nacer de nuevo! ¿Seré feliz? ¿Dejaré de estar sólo? ¿Encontraré una pareja con quien compartir el amor más profundo y personal que puedo dar? ¿Alguien me amará lo suficiente como para arriesgarse conmigo a una nueva dimensión de convivencia y cotidianeidad?

Aún le amo. ¿Cómo no he de hacerlo? Temo la soledad, el no encontrar un Juan que saque lo mejor que hay en mí. ¿Quién le sustituirá? Creo que nadie, él es único, como todos los «Juanes» con quien posiblemente me encontraré. ¿Cuál será el que permanecerá conmigo?

Juan no es un sentimiento o una pasión, forma parte de mí...

Convento, 8 de Octubre de 1983

Media hora antes de mi marcha

Este es el último día, los últimos momentos... El hábito, blanco como la nieve, sin el apresto de la tela nueva, se encuentra sobre la cama. Yo, de pie, escribiendo estas líneas. ¿Y mi corazón? Mi corazón está ahora con Juan, llora por él, mas mantiene la esperanza de que el amor sea agradecido con nosotros, aún por separado.

Nos hemos despedido adecuadamente en privado..., y de común acuerdo hemos decidido no hacerlo de nuevo en público. No podríamos soportarlo.

No se si seré capaz de no volver la cabeza esperando ver, por última vez, sus ojos azules mirándome desde su celda.

¡Los dos queremos empezar a vivir! Estos nervios se parecen casi a los del novio antes de la boda... con la VIDA.